雨声

许一鸣 著

中国文史出版社

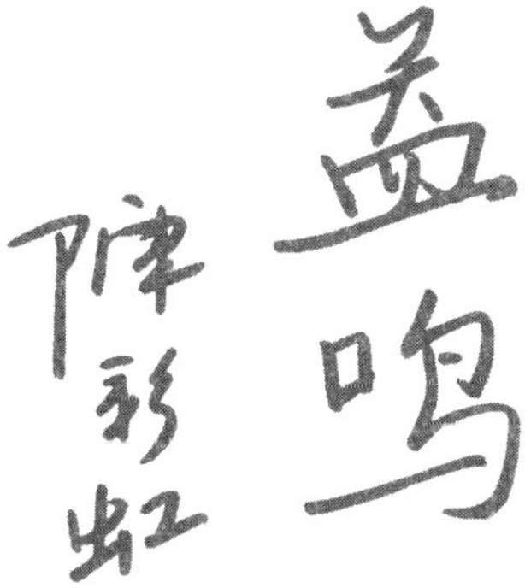

陈彩虹教授题词“益鸣”

目　录

第二辑

谨以此书纪念我的父亲母亲！

序

年轻时我尝试过写小说，感觉很难。散文被我认为是种好形式，不限题材，不拘细节，可长可短，便于发挥，于是有些想法便用这种方式记录下来。这里的散文大都是我出差出国时看到听到一些新奇事物及由此产生的联想思考。自上大学后我就开始写日记，并一直坚持着。虽然多属流水账，但也不乏有意思的记录。如较长时间的培训、出国，能接触到新的东西，又有时间思考整理。所选日记多是这样的产物。撰写经济方面的论文是我的专业需要，也曾是生存之道。发表过十几篇论文，但真正有价值的不多，从事实务工作后就没再写过这类文章。集子中有些偏议论的文章是自己认为还有些观点但尚未发表过的文章。

文集内容涉及自然、社会、经济等方面，有问题思考、现象观察、生活体验。

有些思考判断纯粹是一家之言。诸如：实业与金融混合是一条极其危险的路，因为它给突破“赚不到钱就没得花”这一硬约束打开了方便之门。司徒雷登作为美国政府的代表，曾被定格为反面人物，但他的个人眼界、操守，以及对中国人民的感情与贡献却永远值得我们钦佩尊重。发生在中国这块土地上的战争不计其数，但真正能体现民族精神的不多，无论从战略意义还是惨烈程度看，鲜为人知的石牌保卫战应该是之一。

类似下面的观点与看法读者不一定赞同，但它们的确是我的观察判断与我认同的。宜居城市的特点是轻松方便、自由和谐，而不是高楼林立、市井繁华。人与人、人与物相处首要的不是知识技巧，而是情感与态度。世间没有哪一件事是有利无弊或有弊无利的，就拿抱负来说，有抱负的人可能更有竞争力但不善人际；没有抱负的人可能缺乏自信但容易相处。

生活产生经验，生活需要经验。凡·高的向日葵究竟好在哪儿？雨水声为什么会让我产生愉悦感？登山是否蕴含着生命中的许多体验？诸如此类，我或有过观察或有过体验，拿来与读者分享。

文集的写作时间跨度超过三十年，但基本内涵是一以贯之的：关注社会，崇尚市场，敬畏自然。

我的同事王宇成极为认真高效率地多次整理打印手稿，负责与出版社沟通，商量出版、印刷具体细节。同事王隽仔细阅读了大部分散文，修改了文字，提出了许多建设性意见。同事刘方根极为主动热心地帮助联系出版社，与他们商讨出版事宜。陈彩虹教授细心阅读了我的文章，给出了许多重要的指导和修改建议，并题词，给了我很大的鼓励和鞭策。没有他们的帮助，本书是不可能出版的。在此谨向他们表示深深的敬意与谢忱！

彩虹教授的题词是我的笔名。我觉得一鸣惊人不容易，也不一定有意义，能说点有意义的话就好。我一直在向这个方向努力，但做得不如愿，包括这个集子也是如此。受见识与修为的限制，文章眼界不高，气局不宽；迂戆有余，圆通不够；目标高远，践行欠缺。凡此种种只能祈望读者见谅。

作者于2020年9月

第 一 辑

麻石涅槃

你来了，山里的麻石。告别大山的怀抱，战胜起步的艰难，挤上出山的汽车，风尘仆仆、踌躇满志，来到了石料加工场。

这里没有山里的安闲，你不能再像在母亲温暖的怀抱里那样酣眠。这里没有故乡的幽静，快节奏的生活旋律已把黄鹂的啭鸣、蟋蟀的低吟替代。然而你义无反顾把一切都交给了新的生活。高高落下的铁锤、所向披靡的钢錾都以你为对象，一锤一个印迹，一錾一道火星，翻来覆去千锤百錾像要把你的每一个细胞检验。

这是磨难的地方，这是竞技的赛场，没有硬度便有碎身的危险！缺乏毅力就会被淘汰！

“躺在山里不好吗，干吗要来领受这番苦难?”袖手旁观的我好不惊疑。

是我过于浅薄，还是你没有空闲？你竟缄口不答，只顾默默地把敲打接受。我只好意存观望，独自把答案寻找。

经过铁锤的锻炼，经过钢錾的洗礼，你变了。变得雄浑，变得庄重，变得深沉。方块的、圆状的、长条的、片形的，有的线条分明，有的气势恢宏。你成功了，你成材了。我悄悄地收起自己的惊疑，准备为你祝福。你却告诉我：还不是时候。随即你便告别造就你的摇篮踏上新的征程。

“哎，怎么老是那样肤浅，两眼总是盯着脚尖。”——为不理解你我是多么惭愧。请让我目送你去迎接新的生活吧，再不是为了寻求我的答案。

我站在你经受过洗礼的地方，目送着你远去的背影，分明看到——

你奔赴建筑工地，将肩膀化为基础，用身体做成栋梁，于是那里有了大厦，有了街道。

你赶到筑路的前沿，劈开荆棘，踩下坎坷，于是那里有了平坦舒展的大道，载着人们的脚步去向远方。

你到江河湖岸，立起道道雄伟的驳岸，于是水流在你脚下唱歌，绿荫在你身边舞蹈。

你去石雕厂、工艺场，那是准备把人类美的灵魂塑造。

……

我看到你去一切该去的地方，做一切能做的事情。你站得住、坐得稳、压不垮、推不倒，扎扎实实、以一当十，心甘情愿把一切向人类奉献。面对这些我无法把你的价值估量。但是，若有人要把你的榜样效仿，若有人想把你的功德颂扬，若有人羡慕你的本领，若有人想像你一样成全他人的希望，那么，我一定向他——把你的过去述说。

1985 年 5 月

程序重要吗

为迎接县里检查，校长要求将学农基地桃树园的草刨干净。大家刨了又刨，铲了又铲，最后还用扫帚扫。验收时，校长伸手一摸，说：“不行，还刺手。”——这是我上中学时的一个情节。它让我认识了形式主义，以至此后对形式上的东西总有隔阂。

其实形式与形式主义还是不同的。有时形式是重要的，突出了形式也就抓住了关键。据说戛纳的标准主要是形式。它对影片声音、影调结构的关注更重于对题材、思想的关心。在戛纳看来，导演在思想内容上所能达到的深度和力量，与他在形式上的追求成正比；形式上不深刻，内容上的深刻就是可疑的。

对管理来说，形式就是管理过程，内容便是经营结果。重过程不问结果和重结果不问过程是两种不同的风格。哪一种更好？恐怕难有权威的说法。有的事有很多方法去实现，而且不存在外部不经济，抓住结果不管方法是可以的。有的事只有按常规才能做好，管住了过程也就有了预定的结果。国际质量认证体系关注的是生产过程而不是结果，组织行为学特别重视过程。有的事得两方面兼顾。企业的目的是营利，不管过程如何轰轰烈烈，没有结果对企业是没有价值的。但是，只注意财务数据，不重视企业发展后劲，不看利润是怎么得来的也会造成不良后果。于是有管理者提出：忘掉那些财务数字，只要改进企业的经营管理，好数字自然随之而来。他们把作业流程看得十分重要。

在我们这样的企业里，强调程序与纪律是重要的。机构庞大、人员众多、品种复杂、信誉为本，没有规范与程序，统一法人制就是空话，品牌建设就不可能，控制风险更是难上加难。特别是结果一时难以评价，涉及关系复杂的事情，如贷款发放、重大财务支出、柜台业务等，按程序办尤为重要。

问题是程序规范的时效性、合理性与科学性是应讲究的，不适时宜的就得改。基层行办理个人小额抵押贷款不分区域与业务量大小，单笔限额十万元；客户用与我们签订的购货付款合同做质押贷款，我们强调没有先例不予办理；个人住房按揭贷款非要上审批会或报上级行批；县级支行实行报账制，不论距离远近、数额大小、有无必要，花了钱发票通通拿到二级行签字后才能入账；柜台办理存取款本可让客户不填单，有的地方却还在强调原始凭据的重要性；用时过境迁的数据事实来判定业务风险，强调这个不能办那个要小心。如此等等，无不使“规范操作”“按章办事”一类要求的真正意义大打折扣。

能不能建立一种制度修正完善机制呢？如审计部门发现违规违章行为后除要求被审单位整改，对于普遍现象也要求政策制定者对规章制度的合理性、适应性进行检讨；制度办法的出台采取署名制，鼓励政策制定者眼睛向下，面对现实，发现问题及时调研。制度完善与时俱进不容易，半年或一年来一次行不行？假如制度规章、办法手册老是不改进，不合时宜的东西还要求人家认真贯彻、遵照执行，与我那位中学校长不是如出一辙、不分伯仲了？

2002 年 3 月

"股改"不会是灵丹

国有商业银行一直在琢磨股份制改造。金融工作会议将股改作为银行改制的内容定下来，更激起了人们对这一改革的热情。

国有商业银行面临的根本是制度问题。所有权单一、出资人与经理人债权含混不清、权力缺乏制衡，一直是制约国有商业银行发展的基本因素。进行产权制度改革，建立适应市场需要的运行基础是国有银行必须走的一步。通过股改引进战略投资者，引入社会监督机制，明确出资人与经营者的权利义务，无疑都是极富积极意义的。

然而，可以肯定的是，股改不能救急，不可能让问题迎刃而解。

事实是：十年前在上交所上市的六十只股票几乎都成了垃圾股；已上市五年的国企同未上市的国企比，总体经营绩效和经营能力并无多大差别；现有的股份制商业银行，在经营管理与绩效方面优势亦不明显。扯得远一点，日本的银行多是私有的、股份形式的，也都为不良债权问题所困。

道理是：在经济活动中，产权绝不是抽象的概念，不是简单的所有权与使用权归属问题，而是一系列权力的集合，是通过复杂的权力结构来实现的。相对于经营委托、收益分配、社会监督、信息披露、投资人保护、经营范围划分、社会责任承担、竞争规则约定等权力安排，资本归属权的界定仅仅是基础。同样是私人所有，在不同的法律基础、政府意识、利益格局和文化背景中，运作结果会很不一样。而现时，这一切都很难形成对股份制企业有效运行的特别支持。股改的结果只能是“类股份制”，有其形而无其神。一股独大、疯狂造假、社论效应以及董事长与 CEO 们闹得不可开交，都是注脚。日本的问题则在于政府管制与保护太多，钳制了市场对企业的约束与激励。进口牛肉关税高达50%，用以保护本国的农业与食品加工；企业欠债不还，政府不是依法处理企业，而是要求银行放弃债权。

面对制度性改革，我们不得不承认，制度即游戏规则，一套规则一旦被大多数人接受，改变起来便非常困难，没有突变就必须假以漫长的时间。当然，股改也许还有别的意义。譬如，推动薪酬改革、减少行政干预、争夺上市资源、标志企业成功。这些都可以尝试，但它们肯定不是真正意义上的产权制度改革。

目前国有商业银行必须也有条件做的有两件事：下决心逐

步建立内部激励约束机制，提高责任感与工作效率；从内部管理、客户需要和技术发展状况出发，研究改造技术手段，提高生产能力。相对于股改，前者需要时间短，工作主要在面上，容易唤起员工的参与感，可用少量投入激发热情，树立希望；后者不涉及复杂的社会关系，操作性强，效果易观察。企业的生产水平不在于生产什么，而在于怎么生产。热情与技术是生产活动的最基本要素。

2002 年 4 月

走近长江

一

三峡大坝腰断长江前，乘船由宜昌至奉节走了个来回，这是我第一次近距离接触长江。

过大坝不久，导游指着正前方让大家找目标。在远处江边的灰黑色背景中，一个白点特别醒目，那就是石牌。石牌与三峡大坝和宜昌城区大致呈一线且等距离，是进入三峡的一个地标。这块由喜马拉雅运动形成的天然花岗岩，总让人怀疑是人力所为。牌高近四十米，宽十三米，厚四米，前后左右刀削斧劈一般。当地人坚称它是玉皇大帝的圣牌。石牌背后的远山，一组风化石形似唐僧师徒四人。“沙僧”更是惟妙惟肖，被摄影爱好者拍下不少照片流传开去。在石牌前，浩浩而来的江水做了个一百一十度拐弯，铺出宽阔的江面，画出半边月亮，号称长江第一湾。正是长江的这一左折东去，把那个本该为水道的缺口变成了江边一个小平原。由于水陆通达，尤其便于盐商休整转运，市井不断繁荣，北宋便有州府设于此，现为石牌镇。

我对这些不感惊奇。与张家界的拔地而起百余米的岩石林比，与金沙江那个将长江的流向由印度洋转向太平洋的湾道比，与各地风景名胜中的种种传说想象比，与江南众多带有古城遗风的城镇比，它们都算不得什么。给人震撼的是导游轻轻翻开的那页历史，七十年前发生在这里的一场战争。

“大家可能知道，《三国演义》里的火烧连营就发生在这里。我现在要向各位介绍的是另一场战争——抗战时期的石牌保卫战。”导游说。当年日寇攻占宜昌后，一直企图西进，打到陪都重庆去。为了守住西南，国民政府在鄂西特设第六战区，在石牌附近集结重兵。1943 年，两军终于展开了一场恶战。中国军队以伤亡上万人的代价，歼敌二万五千余人，击毁缴获飞机四十五架、汽车七十五辆、船艇一百二十二艘。这一战役粉碎了日军吞并中国的企图，为世界反法西斯战争助了有力一臂。后有西方军事家称之为“东方的斯大林格勒保卫战”。

有限的历史知识让我将信将疑。但从导游对三峡工程的解说（有关数据说得与我前一天在报纸上看的一点儿不差，甚至施工机械的特点与国籍都能说个一二）看，这个故事不会是演义、戏说之类的小题大做。为了确证，我查了一下资料。有文记载：1943 年 5 月，日寇出动二十余万军人，从水陆空向驻守在石牌一带的十五万中国军队发动了立体进攻。当时中国军队最高司令部做出训示："军事第一，第六战区第一，石牌第一。"蒋介石下令"石牌要塞，应指定一师死守"。曾经血战台儿庄的第三十军第三十一师，在石牌及其周边地区老百姓的支援下防守石牌核心阵地，寸步未让。战斗进行得最惨烈的时候，战区司令官陈诚亲自扛着军旗出没于山峦间，同将士们一道浴血奋战。为做担架，村民几乎将山上的树砍光。如今在这一带，战争的遗迹几乎触手可及。行船于此，有时船篙能碰到弹壳；当年的主炮台还在为当地村民提供保存洋芋、红薯的便利；三峡工程修筑永久船闸时挖出一枚航空炸弹，重百余公斤，长一米多，弹体上标有"昭和十四年"的字样。

石牌让我知道长江的历史，在民族危难之际，先辈也曾以血与火教训过强盗。当年血洒热土者的姓名已无法找寻，石牌保卫战也远不如地道战、地雷战那样耳熟能详、脍炙人口，但石牌以它惊天地泣鬼神的伟岸，见证和标示了沧桑岁月中最令人心憾的壮美！近代以来，中华民族屡受外侮，体面地御外却没有几次。从这个意义上说，石牌保卫战是民族精神的写照，是中华历史的光荣，是值得大书特书的，是应该光照后人的！

我无意责怪传承者的苦心与媒体的选择。事实上，从二百万年前的"巫山少女"到近现代，长江里沉淀了多少我们永远也无法知道的人物、事件。这其中有的是必要的、积极的、良性的遗忘与掩盖，是人类向前看与智慧选择的必然结果。有所不为才能有所为，有所不言才能有所言。也有一些是无聊的、反动的、狭隘的自毁与阉割。即便如此也自有其理由。敝帚千金，从来如此。希勒拉在研究人们的经济行为时提出了拥有效应：同一杯咖啡，卖出者的要价总是要比买入者的报价高出很多。对一样东西进行价值判断，人们会因为是不是自己的而给出完全不同的结果。类似的非理性行为在经济活动中俯拾皆是，同样可以用来解释对历史的选择。其合理与过分、公正与偏废、理智与疯狂、真实与虚伪，人们是无力深究的。问题是怎样使选择趋向积极合理、文明进步？这是对历史负责的前行者应该考虑的。办法大概只有一个：把选择权交给社会，交给作为社会主体的大众。

二

驶过石牌进入三峡，四百公里的往返，一个下午，一个上午，我总是期待着某种发现，但是没有。甚至没有看到电视里的三峡，没有看到人民币上的三峡。除了峻峭的崖壁、悬在峭壁上的古栈道和几处扑朔迷离若隐若现的悬棺，没有更多的东西给人新奇，引来欢呼，让胸前挂着相机的人们举起镜头。进入视野最频繁的是房舍、村庄与城镇，是现代建筑。一些楼群白墙红顶，倚山临江，虽然与峭石林立的背景不和，却也尽现傲视江湖的气派。作为城市化与 GDP 的内容那肯定是最过硬的。有的城镇，建筑物大都错落在山峦之间。可以想象自行车一类的交通工具是难派上用场的，以立交桥互通大概最方便。

从峻岭到邃谷，滑坡、崩岩、泥石流、坡耕、筑路、采石，点点斑驳见缝插针。大面积的藤蔓、灌木一类的植被都难得一见。偶尔一块绿色挂在山坡，那是柑橘林、茶叶或其他经济作物。

虽是枯水期，水流依然浩浩荡荡前赴后继，爆旋激起的浪花如同喷泉，让人感受到一种源远流长的力量，一种与人生的短暂渺小抗衡的至大至刚的力量。可惜由下而上、由上而下全是一江混浊。在一支流处，我们下了船，乘上形似豌豆的小木船溯水而上去领略小溪深处的风光。入江口，清澈的溪水带着浪花，滑过鹅卵石，轻快地扑过来，让人想起“桃源意在深处”的诗句，想起康熙的得意。可当你回过头去，碧透的涧水却早已消散在滔滔黄浆中。由于水面窄水流急，船行艰难，一处处地段不得不靠纤夫拉。小伙子们光着上身，踩着草鞋，跳下船去，把纤索套在肩上，撅起屁股埋下头，在峭壁下的乱石间或浅滩上一步步往前拱。“坐这个船真让人有负罪感。”有女士在内疚。“如果我们都不来，他们连辛苦钱也没法赚。”也有男士在宽怀。为了速度，山民们也采用机动船。在狭窄的山谷中，隆隆的机船从身边驶过，坐在船头的一群孩子冲我们微笑，大家不约而同举手示意，一时间机器声、喊笑声充满了山谷。这是上船以来我见到的最开心的一幕。船头有人在和纤夫聊天。沿江而上有三个村子，船上的娃子是来镇上读书的。由于人多活少，拉纤的生意只能轮着来。旺季每个月能有四五天活干，每天能拉上三五趟，每趟能挣二十五块。天黑之前我们会返回大船。“你们住在哪里?”望着江边小镇的灯火，我问。“你们下船后我们就回村里去。”“要走多久?”“明天早上能到。”

走近长江，我知道了长江不是青山绿水，不是爱情在纤绳上荡悠者的家园，也不仅仅是一座座雄伟壮观的电站。长江就是长江，就是现实。

人类从水边走来，从长江边走来。长江不是生命，却是生命之源。人类不能不尊重保护自己的生存基础。在积极倡导创造保护私有财富的今天，该怎样来保护利用长江这一人类所共有的财富？报纸说，有关科研单位、院校和政府花费十来年，对防治三峡库区及其上游的水污染，拟定了一整套需十来年时间、四百多亿元投资的工程和政策措施。这无疑是让人心动的计划，亡羊补牢晚亦未晚。尽管要靠山吃山靠水吃水的百姓和一些靠统计数据形象工程争名利的官员，改变生活逻辑不是易事，但文化习惯毕竟是可以改变的。关键是让人们意识到改变的必要。欧洲曾经是极端民族主义的腹地，现在却愿意向超国家机构割让权力。中国人并非都爱好毁林垦荒，“禹之禁，春三月，山林不登斧”是较早的生态保护措施。藏民缺少煤炭，没有燃气，但他们不砍树而以牛粪取暖。在雪山环绕、孤立无助的处境中，他们笃信树是神的化身。

意识的改变靠什么？舆论的引导至为重要。公众的知情与讨论对个体、集体行为的影响是不可替代的。一个不懂得现实处境的群体，是不可能成为改造现实的力量的——我这样想。

2002 年 10 月

随意的伊斯坦布尔

“您随意，我干了”，是对尊长友人的宽厚与敬重。“到这里就像在家一样，尽可随意”，是对轻松自由的承诺。“这里办事太随意，没有规矩”，是对秩序规范的向往。题目中的“随意”二字上面几处意思都有，是我在伊斯坦布尔两天走马观花的感觉。

尽管知道去土耳其不用办签证，但入境时我还是把会议邀请函翻了出来。过关时小姐接过护照、机票一翻，“啪”地盖上蓝印，放行手续比回国入境还爽。在一米线外的担心与忙乱彻底成为多余。

由机场到住处有半小时的车程。夜深人静车速很快，汽车像过山车一样不是上坡就是下坡，除了左拐就是右弯。后来发现，市区的道路几乎没有平直的，依山伴水，翻山越岭。有时明明是一条通衢大道，走着走着便上了台阶，进了商店。

会议安排在康拉德酒店，虽然是五星级但不如我们的三星级酒店气派豪华。侧边还有几幢失修的老木房，墙皮剥落门窗洞开，木板裂出一条条缝，与高大的酒店很不相称。酒店的设施与服务也远不如国内的星级宾馆。房间里没有报纸，没有电话指南，没有地图，没有开水茶叶，更没有开夜床、送巧克力鲜花之类的殷勤。但结账时却发现不少实惠。按规定，住房从当日下午一点到次日中午十二点按一天收费。我们是晚上四点半入住的，这一天没有计费。临走的那一天，直到下午八点离开，按规定超过六点就要按全天收费，又只收半天的价。我在账单上发现三美元一瓶的矿泉水多计了一瓶，提出后结账的先生立马给减去，没什么手续，自然也就没费时间与口舌。

散步来到一公园前，大门是新修的，透着些许华丽，门半掩着，估计门票不菲。走近时却不见售票的地方，跨进门去连看门的人也不见一个，原来不要门票。公园有围墙但四处通达，一不小心可能已走出公园的地盘。园子很大，古木不少，但人不多，一派悠闲的气息。山坡的草地上硕大的黄狗陪着看书的主人，山坡下三三两两的闲人坐在木条椅上晒太阳。在一处稍平坦点的坡顶，有一家咖啡茶店。桌凳摆在凹凸不平的碎石上，客人要上一杯茶水，坐下来看报纸、聊天、玩游戏。主人还在旁边圈养了些鸡鸭猫狗。那场景有如农闲时的乡下。

大街上的人穿着都很随便，以宽松的外套、夹克为主，穿西装的也往往将领带圈拉得很长。对面过来一位身材健硕的老人，头戴滑雪帽，身披风衣，脚蹬皮鞋，手拎公文包，再配上一副眼镜，我判断他一定是某大学知名教授下课回家。当他走近，却见一身油渍，皮包磨损得不像样子。最让人轻松愉快的是一双双充满友善的眼睛。不管是学生、上班族，是漂亮女孩、小伙子，还是生意人与休闲老头，四目相视时，你获得的总是微笑、善意。在一汽车站，一位老太太见我们在看地图，过来问“Can I help you?”明白我们不知怎么坐车去海峡那边后，便告诉我们：往前走向右拐，不远处有巴士直达，打的也能去，但这里的的士司机大都不会讲英语，一定要在地图上指清楚要去的地方。比比画画还说了不少，直到她要乘的公交车进了站才匆匆告别。我未能听明白她说的全部，但那神情却让我久久难忘，使我想起小学午睡时，常给我们盖衣服的那位女老师。

在大街上或房间里，经常听到唱不像唱喊不是喊，有点像北京人在山上吊嗓子的那种声音。后来知道，那是通知诵经的喇叭声。穆斯林朝圣很频繁，一天得有四五次。如果每每都得去清真寺也是件很麻烦的事，于是有了不成文的规定：朝拜是不一定要去清真寺的，不管在何处，只要面对麦加诵经就可以。

市区交通发达。公交车、出租车、小火车四通八达，海峡中往返两岸的客轮如穿梭。火车有轨道却没有专用的路面，各种车辆都可在火车道上行驶。车多人多路面窄，人车争道是经常的。警察有时狂吹口哨加手势也不管用，只好嘟哝着，朝抢道车的屁股踹上一脚了事。

店铺的开设也有点像街上的交通，杂乱无章，不讲究成行成市。水果、时装、小吃、书籍、电影、糕点、地毯、饰物，各种门面杂居在同一路段或同一街上。累了饿了几乎随时都可以走进餐馆。

总之，所到之处，所见之事，给我的印象就是“随意”，让人觉得，这里是一个宽容大度、实事求是、入乡随俗的地方，也有马马虎虎、随遇而安、消极被动。这里没有斤斤计较、刻薄死板、寸土必争，却又缺乏一丝不苟、精益求精、积极进取的精神。

以一鳞半爪、点滴见闻来判断一个城市是轻率的。但我真心希望这种判断是成立的。一个城市，一个成熟的城市，并不在于高楼林立、市井繁华，而在于轻松方便、自由和谐。从标准化到人性化，从分级挂挡到无级变速，从非开即关到模糊控制，从讲原则立场到模糊政策，从一言堂到讨价还价，从非对即错、非敌即友到多元化一体化，不都是进步吗？不都是人文社会的需要吗？秩序、规范、制度、纪律，乃至严刑厉法，都是相对于违规、相对于向善的人性背离才有用的。一个融洽的家庭，一个默契的组织，一个和谐的集体，一个宽容的社会其实是不需要太多苛刻规范的。那些看上去没有分工设计楚河汉界，甚至各行其是混乱如麻，而实质上却左右逢源水到渠成，甚至丝丝入扣珠联璧合的过程，才会透出自然美与生活美。

这样的城市大概是不能用建设来实现的，是无法模仿的。如果说伊斯坦布尔真是这样，那也许是它自身地理限制、历史进程和宗教信仰的结果。

伊斯坦布尔位于欧亚两大陆接合部，是连接东西方的桥梁。贯通黑海与地中海的博斯普鲁斯海峡将其划分为欧洲与亚洲两大部分。在市内穿行的小火车，据说西接巴黎东达伊朗。西方文化与阿拉伯文明在这里交汇碰撞，促进了城市的开放与宽容。伊斯坦布尔依山靠海，所有建筑错落在山地丘陵上。从海峡中看两岸，一排排建筑由海边往后退，由低往高层层叠加，就是放大了的布达拉宫。全国八千万人，伊斯坦布尔占1/8。加之山地与海峡占去了相当的地面，居住密度极大，人均空间很小。伊斯坦布尔的历史是辉煌的。继东罗马帝国之后，奥斯曼帝国也定都于此。前者在这里留下的古代文明随处可见。高悬头顶的罗马水渠、直插云端的千年石柱，无不让人肃然起敬。后者的版图曾相当于现在四个欧洲，是近五百年来中东地区统治范围最广和最为有效的一个国家。在它治下的四百多年间，除了与欧洲基督教君主国和亚洲的波斯帝国偶有冲突，其内部不同民族、宗教、派别间一直保持着高度和谐，成为伊斯兰世界团结的核心。骄傲的历史给了伊斯坦布尔人自信大方。谈到历史，他们便会陶醉于自我欣赏，滔滔不绝。“一战”后，土耳其结束了帝国制，开始了世俗主义的改革。在价值观上更趋向于西方的自由民主，特别是近些年来这一步子似乎迈得更快。军事上它是北约成员，经济上一直在为加入欧盟努力。在美伊战争前，政府接受了美国提出的在土驻军的要求。但新的执政党正义与发展党对言论更开放，允许党员就美驻军问题进行讨论与投票，结果否决了这一动议。美国政府的胁迫与利诱都未能发挥作用。还有一点是，伊斯坦布尔人大都是穆斯林。伊斯兰教的核心是劝人从善，止人作恶。这种向内约束自我的要求与向外主张个人权利的价值观比，是否会多一些忍让、宽容，少一点张扬与进取呢?

站在博斯普鲁斯海峡边，看着洁净的海浪轻轻地拍打着驳岸与船只，我想生活在这个城市里的人一定是满足的。

2003 年 3 月

雨　声

在北京很难听到雨声。雨水稀少，而且很多建筑都用管道将屋顶的雨水引到地面。还好，我所住的多层四合院对此多少有点弥补。前排房子地下室的采光窗上盖着一排铁皮瓦，雨水滴在上面特别响，有小雨变大雨、大雨变暴雨的效果。

雨声对我是一种享受，丝毫不亚于悦耳的音乐，听到它就有轻松自在的感觉。

几年前的一个冬天去法国，第一站是南部小城蒙彼利埃(Montpellier)，住在一家不知名的路边小酒店。由于到达很晚，走得又早，不知酒店是个什么样子，只知道大堂很窄，电梯很旧，房间很小，总共三层，我们住在最高层。然而这并没有影响我对它的好感，因为我在这里听到了雨声。

进店不久就下起雨来。我站在窗户前，借助路灯看着屋外的景色。雨越来越大，密密麻麻的雨点在路灯下拉成银丝一般的雨线，忙着赶路的汽车在雨帘中穿行。屋顶的雨水汇集到一起冲向地面，发出哗哗的声音。闪电不时把道路、桥梁、草坪、房舍照亮，雷声在夜空中回荡，忽近忽远忽高忽低。这一场景让我十分惬意，连异域他乡的感觉也消散得无影无踪，似乎身处一个熟稔的环境。好久没有听过这样的雷雨声了，躺在床上仍然感到身心愉悦。这一夜我睡得格外香。

这场夜雨还真不小。第二天早上，IBM 公司的米歇尔先生左手一张报纸右手一把伞，站在大厅的电梯口等我们。见面的第一件事，就是扬着报纸告诉我们：昨晚蒙彼利埃下了一整晚的暴雨，现在很多公路都被雨水隔断了。雨还在下着，在 IBM 中心我们发现，由于打雷停了两次电；广播多次通知，中心附近的交通已中断，请员工们尽量避免外出。当天在中心工作的大多是外来的培训实习人员，本公司住得远一点的员工都没来上班。

按计划下午我们要赶往另一城市，但高速公路已被当局封闭。想改乘火车，火车已停开；再奔机场，警车又拦在路口不让进。在城里转了一个多小时想找其他路口出城，都没有结果，连车子超过警戒线掉头也被严厉的女警察追上来拦住了。没办法，只能住下再说。在我的建议下我们又住进了原来的酒店。

为什么对雨声如此情有独钟？我没有答案，只记得这种体验与感受在年少时就有。那时的快乐时光似乎也就是雨下得最大最久的时候。

在南方的家乡，下雨的时候并不少，尤其是春天，但真正能影响人们出门劳作的只有倾盆大雨。“抓晴天，抢雨天，麻风细雨是好天。”老队长总是用来自上级的要求来要求他的社员，而且身体力行。

那时，下大雨的日子是令人向往的。雨水从天井的四角倾盆而下，打在池子里发出激昂的声音，就像我后来在一些风景区看到的瀑布。每当遇到这样的天气，除了母亲，谁都可以放心地睡上一个懒觉。一觉醒来，赖在床上听雨水声，还有滚滚的雷声，感觉无比幸福。有时还听大人说：“这雨落得太好了，前两天栽的红薯可以生根了。”这就更心安理得了，似乎这时睡懒觉不仅没浪费时间，而且还是在帮大人的忙。如果白天雨还不停，就可以忘乎所以地玩，或者帮大人们打下手，做些捶稻草结草绳之类的活。那时的房子几十户人家连成一片，整个屋场里有很多巷子把众多堂屋连起来，雨水通过连接天井间的暗渠排走，雨再大走到任何一家都湿不了鞋。每每遇上大雨天，这些堂屋和巷子便成了大人们做休闲活的场所，也是孩子们嬉戏追逐的天堂。

几十年过去了，但每当遇到大雨，当年的场景便历历在目栩栩如生。这大概就是我的雨声情结的由来。

2003 年 12 月

湖光岩

有的人像自然，有的自然像人。这大概是人和自然无法分离的一个理由。杭州有个西湖，惠州也有个西湖，苏轼将它们比作人，把自己的一份热情和爱投到了它们的怀抱。由湛江市区西行十几公里，有个玛珥湖，今年3月到湛江出差去看过。我觉得它也像个人。我把这一感觉告诉了当地的书记，希望他能保护好它，不知下文如何。现在我把这个感觉告诉你——亲爱的读者。如有机会，你可以去看看她。至于是否需要付出热情与爱，那当然只能依你的感觉来决定。

我们的行程很简单，由西门进入往右拐，听了导游小姐介绍湖光岩的特点与成因后登上望海楼，拜谒了陈济棠先生墓，然后下山绕湖一周，前后才两小时，只能说是走马观花。但这一游给我们留下了深刻的印象。

湖光岩是十多万年前火山爆发的杰作，湖面是下陷的火山口，周围是火山爆发喷出的碎屑形成的山地。湖四周没有沟渠与外界相通，可以判断湖水与其他水系没有联系，完全是自成体系的地下水。岸边没有一般水库中常见的被水浸没的痕迹，湖水可能终年不会有太大的涨落。要知道湛江是一个常有干旱和台风的地方，这里为何旱不涸而涝不溢呢？湖周围全是树但水面不见一片树叶，湖水奇特的净化能力让人觉得神秘。

从望海楼一带看，整个湖面像一个巨大的人耳，也像一块巨大的镜子，给人静谧之美。步行绕湖一周七公里，我们一行四个人没有谁觉得很累，可见湖区的空气质量、湿度、温度和景色之宜人。怪不得有关它能祛病消疾、延年益寿的传说很多。

与其他湖泊相比，湖光岩的另一特点是具有特别的研究和科普价值。由于特殊的构造，湖光岩的沉积物具有高分辨率的纹层，是天然的年历，对研究古气候和环境的变迁有特殊意义。据说，1997 年，中国科学院地质研究所和德国地球科学中心就联合对湖光岩进行钻探，获得了长达二百三十四米的岩芯，有力地推动我国玛珥湖研究工作。

我的游历不广，见到这样的湖还是第一次，置身于此感觉犹如与一位端庄而活泼、智慧而有涵养的女子漫步聊天，在感受着美的同时，还有知识的交流和文化的共识。

令人不快的是大量人为因素正在玷污着这位淑女的形象，破坏她的健康。快速驶过的游艇划破湖面的宁静，留下噪声和污染；湖边的烧烤场、射击场，正在蚕食着这一风水宝地，败坏着湖边的景色。据说还有一些大型项目正在筹划开发。可以想象，如此下去不用几年，这里也一定会成为人们常抱怨的那种地方：不看很遗憾，看了更遗憾。

我以为，这样的地方的核心竞争力，或者说最大卖点是环境，是得天独厚的自然特征，而不是任何的人工雕饰。外地人来这里是为了欣赏独特的自然景观，是向往这里的神秘；而绝不是为了坐游艇、吃烧烤。如果说开发的话，值得做的唯有两件事——尽可能保护好其自然状态和利用湖本身进行科研科普活动。为此我给书记建议：

第一，取消游艇和其他开发项目，逐步拆除周围的人工建筑，多种些树木。德国的玛珥湖比湖光岩小得多，但名气大得多，原因之一就是它周围除了树木以外，没有别的累赘，自然美美得不可胜收。

第二，沿湖可建科普走廊和安一些音响设备，介绍火山爆发、地质构造、气候变迁、水资源保护等方面的科学知识，插播一些轻音乐，提升景区的科技含量与美感。让人到了这里如同进了圣教堂，得以静心养身，增长知识。

第三，洗手间应采用生态型的，让其自然净化，也给游人保护自然的启发与教育。

第四，陈济棠墓作为历史文物应保留下来，但要增加一些介绍。邓小平曾说过，陈执政广东八年，有不少建树。类似的介绍可以缩小墓地与自然景观的反差，缓解游人的心情。

当然，在当下以眼前利益为目标的氛围中，要保护好一片景区不是件易事。但是早动手比迟动手要好，等到问题多了，既得利益关系复杂了，再来整治恐怕就更困难了。况且保护也更有利于赚钱。有人说，全世界有不少玛珥湖，但如此美丽和有研究价值的只有两个。可见湖光岩是湛江的，也是中国的、世界的。保护湖光岩，就是保护世界自然遗产，也是保护湛江的财源。随着湖光岩声名的扩散，源源不断的游客来了，世界上的科研机构来了，钱自然也就来了。你说是吗?

2004 年 4 月

新疆山水

关于新疆的“疆”有这样一种解释：左边的“弓”是指新疆逶迤漫长的边境线；右边的三个“一”分别表示北部的阿尔泰山、中部的天山和南部的昆仑山；上下两个“田”字代表北疆和南疆的两大盆地与沙漠；弓字下面的“土”指被《中俄伊犁条约》分割出去的国土。可以肯定这不是造字的初衷，但它对那片辽阔地理地貌的说明，却有几分生动几分形象。这大概也是它在民间和课堂上得以传承的原因。

对“地大”这个特点，在进疆前你也许只是一个数字概念或地图印象，实地一跑感受便真切了许多。有经验的人说，到新疆出差可不能像内地那样安排时间，你想三五天跑几个地方，可能大部分时间都会丢在路上。县市州间近则三五百公里，远则上千里。尽管地市间都有飞机，有“波音”，也有只能乘三五十人的“ATR”“Tornier（托尼尔）”一类调度灵活的小型机，但进出机场加上误点，省出的时间还是有限。说是到城市附近某景点看看，你以为半小时路程差不多，可一出门就是四五个小时，路途花去的时间比观光的时间要多得多。

疆内高速公路很少，好像只有乌鲁木齐市的机场路是高速。除了钱的问题，需求不足大概是更直接的因素。出了城镇前后几十公里看不到一辆车，没车子和你抢道，没行人横穿公路，无须多车道，也不用封闭，高等级公路就等于高速公路。有一位从内地到自治区工作的官员，为筹措修路钱，上任伊始便提出“人民公路人民修，谁家门前的路谁出钱”。可当他跑一圈却发现这一老经验行不通，很多路段根本就找不到“人民”。

在疆内无论乘飞机还是坐汽车，进入视野的不是沙漠戈壁，就是山地岩石，当然也有绿洲、草原和良田。绿色总是顺着水势，散落在山坡、河谷、平原与湖泊周围。无论在哪里，只要有绿色，就肯定有水，或许还有人家，有望不到头的棉田，有甜透心的英吉沙杏。灰色（或黄色）则属于戈壁、沙漠、山头和城市。奇怪的是很多地方绿色与灰黄色的分界是那样分明，其间没有缓冲与回旋，没有协调和讨价还价，绿色戛然而止，接着是茫茫延伸的灰黄色。在灰黄色的地面上经常能看到一条条白色带状东西，像丢在地上的绳索，在广袤里随意蜿蜒，把一片片绿色连起来，那大概是村落间相通的路。

我们去看过沙漠。开始路边有一丛丛红柳、一片片胡杨，驶过几近干涸的塔里木河就到了塔克拉玛干沙漠的北部边缘，再向纵深就见不到什么高大的植物了，只有那些倒下的胡杨在高温的烘烤下快速脱水后留下的遗骸。越往里走气温越高，沙粒上的热能很快穿过胶皮鞋底传导上来，脚像踏在炉子上一样。起伏的沙丘，单调地向远处延伸，举目茫茫，无声无息。一阵风吹来，脚下的黄沙贴着地面快速移动。我不敢再向前，担心滑下某个沙丘，被阵风卷来的黄沙掩埋。这种感觉让我对当年科考队员彭加木失踪之谜多少有了点理解。

据说沙漠下藏有丰富的石油与天然气，西气东输工程中不少管道的起点就在沙漠里。怪不得在沙漠边缘有那么多纵横交错的公路和管道，还有磕头机。沙漠中间也有油田，我们走的公路就是通向塔中油田的。公路穿过沙漠中心直达南部边缘，全长五百多公里，除了油田见不到任何人烟。看着那些坚定向前、直奔沙漠深处的车辆，我感到了石油和石油人的力量。

与沙漠戈壁比较，平原（或草原）显得亲切得多。尽管它们也大得让你感到自己渺小，也没有太多的绿意，但毕竟有房舍点缀，有移动的牧群。布尔津北部平原南高北低，地平面呈球面状，汽车由南而北飞奔起来，向前望去，地阔天低云草相接，好像正向地球的边缘驶去。但当车子跨越河流，穿过村庄，前面出现黛色的山梁，你会清楚那不过是一时的视觉感受。这里和内地没有多少区别。有人会躲在某个角落专盯超速车然后开单收钱，也有人会把自己的卡车尽可能地靠向路边，留出足够的路面让你超车。

驶过平原与戈壁，常能看到山，光秃秃的岩石山、高耸的雪山和莽莽的青山。

库车县以北六十余公里处属于天山中段，有 217 国道穿越其间。车行至此，只见窗外红褐色巨大山体群色艳惊天，排山倒海地扑过来。这些泥质砂岩在风雨剥蚀和洪流冲刷下，形成纵横交错、层叠有序的垄脊与沟槽，组成奇峰幽谷悬崖长廊，峥嵘叠嶂争相向天。一些页岩则像码放的板材，又像书市里堆放的书，一沓沓一摞摞。还有一些山峦像琼楼玉宇，像布达拉宫，居高临下气势恢宏。

与天山中段比较，北部的喀纳斯山则完全是另一番景象。这里没有奇峰异石，山体大都呈钟形，线条缓和，气势磅礴，容易让人想起厚实、沉稳、可靠一类的词语。放眼望去，天高地远，山是绿的，水是蓝的。山上不是一片片红松、白桦，就是长满了灌木，还有开着各种小花的野草，浓荫幽翠，生机盎然。巨大山体之间有一天然湖泊——喀纳斯湖。湖纵深有二十多公里，最宽处有四公里。湖面如镜，倒影似画。

在一塌方处我发现植被下面是一层厚厚的黑土，黑土下是坚硬的岩石。原来这片土地最初也是贫瘠的。是它敞开胸怀接纳一切外来的物种，给它们提供保护、肥力和雨水——植物在这里生根发芽、开花结果，动物在这里繁衍生息，然后将自己从土地、空气、阳光中吸收的一切回赠了大地，才有了眼前的一切。据说这里四季的景色大不一样。再晚一点，山上的植被会在橙黄色基调上，呈现出五彩缤纷的样子。十月份就要封山了，山上将开始积雪，路面开始结冰；到冬天便是冰天雪地的世界，与外界完全失去往来，直到来年阳春时节，冰雪开始消融，生机又会再现。

听着喀纳斯湖水哗哗的奔腾声，我总有点耿耿于怀。如此大的水量，供几个省饮用应该是没有问题的。污染是肯定没有的。熟悉当地情况的人说，除了在湖的下游，活动着当年成吉思汗西征时留下的游牧部落后裔两千来人外，汇水区是见不到人烟的。可是它们日夜不息向下奔流，最后却流经俄罗斯投入了北冰洋的怀抱。

这方面，天山的雪水多少给了我一点慰藉、一点补偿。它们似乎懂得自己的本分就是滋润绿色，浇灌大地，于是成群结队义无反顾一路欢快地奔下山去，奔向目的地。沿着上天山天池的台阶往上爬，可以看到洁净的雪水畅快淋漓地向山脚奔腾的景象。一路上它们卷起无数浪花，发出“到最需要的地方去”的欢叫。一小股一小股的水流不时还来些俏皮的动作：或纵身跳起摸一下头顶的岩石又汇入主流；或突然避开主流，绕到岩石后再由缝隙里钻出来，给你一个鬼脸；还有的纵身扑向巨大的岩石，再高高地跃起变成水雾，洒得你一脸一身。待爬到高处回转身来时，你看到的是，它们在滋润出一条条林带、一片片草地、一个个村庄后，便消失在远处的戈壁与沙漠里。

来去匆匆。离开新疆时我把走马观花的感觉告诉当地人：“新疆远比我想象的大，比我想象的好，有个问题是这里的地名不好记。我总是把‘阿尔泰’和‘阿克苏’混淆，把‘龟兹’（Qiuci）念成‘Guici’，把‘库车’当成‘车库’。”他笑着说：“问题不在你，也不在名称。美国的拉斯维加斯、法国的香榭丽舍，都不比新疆的地名好记，但很多人都记住了。

只怪新疆知名度不高。”他的谦逊与风趣倒让我有点不好意思。想一想，我写下这些文字其实也是不熟悉的结果，少见才会多怪。原始的新疆山水我是无法写出的，只有靠读者自己去看去体会了。

2004 年 9 月

德隆给了银行什么

有人说，德隆问题的起因是“监管部门要求其改变庄股形象”和“融资环境发生变化”；也有人说是“不负责任的报道”和“它周围存在的不信任感”。不管德隆的倒下应怨那最后一根稻草，还是该检讨自身的体制；也不管它是通过收缩重组来收拾河山，还是从此一蹶不振直至灰飞烟灭，德隆的发展过程本身是一个值得反省的案例。

四面出击招致四面楚歌——没有恰当的操作配合，再有价值的理念也是一句空话

“即使是德隆彻底消失，产业组合也是它的一笔巨大遗产。”此话有点过。但从中国产业结构的现实看，德隆提出的“产业整合”理念是有价值的。它在行业研究上也花了精力，以水泥为主业的新疆屯河、以汽车配件为主的湘火炬和以电动园林工具为主的合金投资都曾有过这方面的尝试。1997 年新疆屯河收购周边的小水泥厂，很快形成了年产百万吨的生产能力；同年，生产火花塞电极材料的合金投资与以火花塞为主的湘火炬联姻；1998年合金投资又利用镍合金生产优势将下游的电动工具生产企业整合进来。问题是初步的成功并没有引导德隆找到一条合适的路径，反而让它只看到了极富诱惑力的投资机会和产业整合这面大旗在资本市场的感召力。以致后来它根本就没有用心于产业整合，没有将有限的资源用在核心企业，而是一心希望在产业整合的口号下做大规模，抬升股价，扩大影响，实现“在全球多个地方上市”“做中国农资市场的沃尔玛”“进入世界500强”的宏大愿景。

自1992年以八百万元注册成立新疆德隆实业公司算起，短短十多年特别是近五年，德隆的发展就像章鱼一样，把触角伸到了全疆全国乃至全球的众多产业，制造了一个又一个并购神话。到2003年，德隆有子、孙公司一百八十个，产业涉及汽车、机床、小型机械、水泥、矿产开发、棉麻纺织、食品、农业、农资、特色旅游和金融。其中德隆入主后的老三股的规模扩张速度更是惊人。新疆屯河七年规模扩大了十八倍，合金投资六年扩大了二十一倍，湘火炬六年扩大了一百四十倍。直到最后，这种铺摊子的步子与速度也没有慢下来。且看它为了挽救危局而做的最后惊险一跳：2003年11月，湘火炬及其控股公司以720万美元与美国伊顿公司组建伊顿法士特齿轮有限公司，2003年12月合金投资以7820万美元收购美国Murray集团，2004年2月以5亿元人民币投资苏州工业园区建设生产基地。

产业组合不是简单的企业捆绑。销售渠道与品牌的建立，人事与管理的调整磨合，都是极具挑战性的工作。而传统制造业整合更是具有投入大、见效慢、回收期长的特点。德隆似乎没有看到这些，它考虑的只有规模与资金。在其实际操作中，产业整合的真正意义消失得无影无踪，靠资本运营赚钱已成为核心理念。有分析说，是德隆主角的性格决定了这一切。从唐氏兄弟的发家轨迹可以看出，他们的思维是发散的，行为是跳跃的，很难在一个行业兢兢业业埋头苦干下去的。从冲印胶卷、卖挂面、开舞厅、卖电脑、做边贸到炒股票、搞房地产、进军农牧业、生产水泥、开发食品、做汽车配件和电动工具，他们的精力几乎从来就没有长期集中在一个方面、倾注于一个领域。无论原因何在，结果只有一个：优势不优，劣势愈劣，风险累积越来越高。这一点，从德隆集团一些成员后期的发难、反水可见一二。

无节制的扩张需要无约束的资金供给。德隆旗下的产业每年的盈利能力在六亿元左右，以此来偿还银行贷款、支付管理费用还有缺口。何处来钱？德隆依靠的是金融。

金融成全德隆也毁灭了德隆——实业与金融混合是一条极其危险的路

德隆的资金来源有三条：上市公司配股增发再融资、用持有的法人股质押和利用上市公司的信誉担保贷款、依靠旗下的金融机构挪用客户资金。

德隆早期的融资方式是先控股一家上市公司，通过股价上升融资投入产业发展，提高公司业绩后再配股增发。这种通过资本市场杠杆来放大原始投入的做法，已经是一种利用率非常高的资金运营手段，但还不能适应扩张的要求。它还需要贷款，需要通过直接掌控金融机构来直接筹资。其先后控制了金新信托、厦门联合信托、北方证券、秦阳证券、德恒证券、恒信证券、新疆金融租赁、新世纪金融租赁、东方人寿保险等多家非银行金融机构及长沙、南昌等地方商业银行，形成了遍及证券、保险、信托和金融租赁的金融帝国。而这些金融机构之间及金融机构与企业之间的关系既不独立又不透明。它们实质上成了德隆的提款机。其中手段不乏虚增业绩，操纵股价，恶意担保，违规占用资金。从已披露的资料看，例子可以信手拈来。

德隆老三股曾持续七年上升，成为市场的旗帜。为了维持悬在空中的股价，德隆花了巨大的成本。按市场估算，德恒证券、恒信证券大量持有老三股，每年为之付出的成本在八亿元左右，如果从 1978 年算起，被老三股套牢的资金有四五十亿元。

老三股的或有负债在德隆入主后均大幅攀升。2003 年底合金投资对外担保额度达 5.7 亿元，占其净资产的 108%。被德隆控制的重庆实业披露：对外违规担保5.11亿元，被诉讼金额7.5亿元，被德隆占用的资金5.02亿元。

德恒证券挪用的资金：上海星特洁6400万元国债投资、苏州太湖8000万元国债投资、渝开发4000万元保证金、合金投资1.44亿元、茉织华5.5亿元、上工股份3000万元。

德隆梦想借鉴国际金融控股模式，走向实业与金融混业经营。而事实上，产业与金融直接结合是任何国家都不提倡的，也很少有成功范例。个中原因，除了企业搞金融难以形成规模效益、流动性风险大、市场风险信用风险难以把握以外，更实质的问题还在于实业与金融穿连裆裤，很容易突破“赚不到就没得花”这一冷峻的但是必需的约束。金融是找钱的，实业是花钱的。而实业操纵下的金融是很难成为真正的业务单元，与实业形成市场交易关系的。二者一旦结合，资金约束这一硬杠杠就变成了橡皮筋。德隆的实践充分展示了这一过程与结论。

高息融资饮鸩止渴——不计成本的背后一定有比成本更高昂的代价

资金是德隆的命脉，也是它的最大秘密。几年来它利用上市公司、证券公司、信托公司，大刀阔斧地从资本市场和货币市场融入资金，用于企业扩张。当花出去的钱变成了无法流动的资产，而负债又必须归还时，留给德隆的就是难以弥补的窟窿。为了堵窟窿德隆不得不高息融资。德隆系下的一些金融公司，长期以超过10%的年回报率吸收理财资金。这已经比一年期定期存款利率高出了四倍。在资金紧张时更开出过18%到20%的高价。2002年，德隆靠二百多名客户经理以高额回报的方式在全国融入资金近三百亿元。债权人涉及企业、银行、保险公司、担保公司、基金和自然人。2002年下半年起国债市场不断下跌，2003年很多国债品种已跌破面值，可德隆仍以超过10%的回报招揽理财资金。仔细想想，这个把戏后面一定是有机关的。可惜“利令智昏”总是我们难于克服的弱点。有人匡算，德隆贷款达四百亿元，加上委托理财、证券公司三方协议委托投资等，负债总额达七百亿元。保守一点按一百亿元的高息融资规模算，这一块成本一年就是十几亿元，谁来买单？现在看来当然只能是出资人，当时拿了高息的还能要回本钱吗？“高收益高风险”这一准则是没法改变的。德隆事件无非是再现事实，复述真理。

眼下，收缩战线，出售股权已成为拯救德隆的唯一希望，也是银行解脱的唯一指望。德隆扯进去的银行机构无数。有的与德隆集团、证券公司、信托机构打交道，有的以其旗下的实体企业为贷款人，有的是在德隆入主前就建立了关系，还有的是仰慕德隆的名气而后杀入的。不管是以何种方式，也不管是什么时候发生的信贷关系，值得这些银行们共同吸取的经验是：对章鱼式扩张型企业，对志在控制金融机构的企业，对超出正常回报的高收益项目，一定要慎之又慎。新疆北部喀纳斯山的岩石上覆盖着一层厚厚的黑土。一眼望去，天高地远，山青水绿，片片红松与白桦挺拔山间，葱绿的灌木挂满山坡，灿烂的野花在风中摇曳。这一派生机是土地经年累月孕育的结果。企业的成长如同自然的演化，有投入才有产出，有节奏才有速度。能立于世界500强的企业，有几家是依靠负债在短短数年里成长起来的?!

2004年9月

关于内蒙古的似是而非

对我来说，内蒙古的印象一直很抽象很模糊。譬如：它离北京很远，起码比我回湖南老家要远；人口以蒙古族人为主，他们善骑射，住蒙古包；那里草原连天，牛羊成群，春天一阵狂风满天黄沙，冬天会有成群的牛羊倒在雪地上。

去了两趟，发现其实不是这样。

从北京到呼和浩特不过四五百公里，乘飞机不到五十分钟，开车也就四五个小时，不比到太原、沈阳远。内蒙古的交通也很发达，高速公路加高等级公路自东向西横贯自治区，铁路运输直达德国法兰克福，运输成本远低于海运。

走在大街上，感觉不到与内地有多少差别。见到的大都是汉人，宽阔的街道、街心公园、立交桥、现代商场、音乐喷泉、气派的政府办公楼、讲究的宾馆，应有尽有。最显眼的差别是不管大街小巷，有招牌广告的地方就有蒙文。看多了，感觉蒙文是一种象形文字，特别是马的变形。把一行行的文字侧过来，可以看到千姿百态的马：奔跑的，悠闲的，低头垂尾信步由缰的，鬃毛直立尾巴上翘的，首尾相接成群结对的，载着骑士后面跟着猎狗的。如此这般，你尽可以想象。就此我请教过蒙古族人。他们说不是这样的，蒙文是由草绳记事发展而来的；也有人说蒙文根本就不是象形文字，而是拼音文字。其实，使用蒙文的人很少，招牌必须有蒙文是政府的一项规定。内蒙古虽然聚集了 80% 的蒙古族人，但总人口中已有 80% 是汉人。

蒙古包并不是随处可见，倒是在开阔地带，时常能看到敖包。敖包不是什么建筑，更不是人们起居的场所，而是用碎石堆砌的多层圆形石堆。当地人介绍，敖包最初是做地标用的，给人们指示方向，因为平原上没什么建筑，走远了难辨东西。后来成为部落族群间的地界，成为出征或征战归来举行仪式活动的地方，成为人们祭祀天地祈求平安的场所。

草原一望无际，但并非一马平川满眼绿草。辉腾锡勒草原上有各种各样的花，张扬的、沉静的、艳丽的、素雅的，但看不到一棵树，连灌木丛也没有，也看不到多少牛羊。还有山峦沟壑、峭壁悬崖，贯穿其中。据说草原和草原也不一样，有的草原就有茂密的森林、河流湖泊，还有石林、沙漠。除了草原，内蒙古还有崇山峻岭，大兴安岭的主要山脉就在其内。所以当地旅游部门总是十分浪漫而又不乏自信地这样宣传：内蒙古是一幅内容丰富的油画，十三亿亩草原只是它的底色。油画下面还有很多储量丰富、品位极高的宝藏。稀土储量占全国的 90%；有色金属中的锌、铅、锡、铋储量均居全国第五位；煤炭探明储量两千四百亿吨，占全国的1/4……都是他们津津乐道的数字。

事实上，无论从历史还是现实看，都不能将内蒙古与“偏僻”“落后”画等号。当我走进内蒙古博物院时，这一感受更为强烈。例如：鲜卑人用来挂饰物的金属圈，其造型和功能几乎与现在我们用的钥匙串一模一样；鄂温克族、鄂伦春族人的曲棍球已有久远的历史，20世纪70年代我国成立的第一支国家曲棍球队就在呼伦贝尔市；大到占半个篮球场，小到只有鸵鸟一般大的恐龙化石应有尽有；距酒泉二百公里的阿拉善盟的额济纳旗，还有现代尖端科技的集成地——东方航天城——神舟飞船的发射基地。得益于丰富的资源，最近连续七年，内蒙古的经济增速都居全国第一。总量已排全国第十六，超过陕西、山西、云南、天津等地，人均排名第八。按此增长再过两年人均量将超过浙江。

类似的“似是而非”，在我们的日常生活中，在我们的讨论研究中，在我们的组织管理中，比比皆是屡见不鲜。问题是它并没有影响我们什么，人们照样心安理得，照样言之凿凿，照样呼风唤雨。或许是真相离现实太远？或许是人们精力有限？或许是习以为常？个中缘由不得而知。

2005年8月

伦敦人怎么如此慢

由于日程较紧，到了伦敦却未能去泰晤士河边看大笨钟，不知建造它的初衷是什么。除了展示工业革命的力量和机械技术的精巧，是否也是想警示人们珍惜时间呢？我这么猜想。毕竟时光荏苒逝者如斯的道理是相通的。但在伦敦的三天却没有得到这方面的印证。

2005 年 9 月 5 日我们一行五人乘英航的航班由北京飞往伦敦。起飞时间晚了几十分钟，但下午三点还是准时到达希思罗机场。我想伦敦人还是挺注意争取时间的。可接下来的事实否定了这个判断。下飞机后我们直奔行李认领处，乘摆渡车，又七弯八拐，上楼下楼走了好长一段路。按照国内的经验，行李应该到了，可等了一个多小时，传送带才转起来，行李开始稀稀拉拉地出现。左看右看不见我们的，又等了半个多小时我们的行李才姗姗来迟。据说这么慢是因为搬运工在罢工。在去宾馆的路上我问当地司机是不是有这么回事，他说那是一个月前的事，最近没听说有罢工。

第二天我们有五个活动。前四个都由自己安排，相对较紧凑。最后一项是参加《银行家》杂志的年度银行奖颁奖仪式，这可是个盛会，有来自全球的一百三十八个国家的四百多人参加，其中不少是世界知名金融机构的头头脑脑。举办方通知，晚会六点开始十二点结束，着装须是晚服或民族服装。这么长的时间，这么正规的要求，我以为一定是有不少重要内容，结果却让人大失所望。除了吃肉喝酒，就是颁奖。六点到七点筵席大厅的门掩着，几百人就在前厅端着酒杯走来走去，四处打招呼、碰杯、递名片、聊天。侍者托着条盘在人群中往来给客人送上烤虾、鱼片、纸巾之类。一片觥筹交错熙熙攘攘的景象。想找我们合作伙伴美国银行的同行，但直到开席前也没见到，也许人家有经验，知道晚来个把小时没问题。七点后客人入席就座。主要内容还是喝酒，陆续有红酒、白酒、面包、鱼片、牛肉送上来。九点左右，主持人出现在台上，接着是金融监管当局、《银行家》杂志主编致辞。与国内不同的是，他们讲话较随意，内容较宽泛。从监管要求到政界首脑的趣闻，都是题材。特别是主持人时而引得全场哄堂大笑。十点左右宣布颁奖。由于获奖单位太多无法一一宣布，大概剩下半数是自己上台领取。排队领奖，与主持人、授奖人合影，那场面可以说热闹非常也可以说一片混乱，就这样直到十一点多。

第三天中午，主要活动结束了，准备返回北京。为争取时间到住处对面的海德公园看看，我与一位同事在宾馆餐厅要了快餐和面条。沙拉很快上来了，但快餐和面条却迟迟不见踪影。在反复催促下，服务生只是一遍遍重复"Sorry，sorry"。就这样一顿快餐花了两个小时，逛公园的时间打了对折。同伴开玩笑说："你看，来这儿吃饭的恐怕都是有钱没事的。"还真是的，环顾四周，人家三两人一桌，在暗淡的灯光下，浅斟低声，细嚼慢咽，没一个像我们这样猴急的。

去机场路上我们分乘两辆车。一辆是出租公司的，司机是个六十多岁的老人，在伦敦开了三十多年的车。另一辆是临时请来帮忙的，开车的是一位在英国读研究生的中国小伙。我乘后一辆车，一上路两辆车就分道了。研究生不熟悉小道，只能走大道，一路上就在着急："他们一定跑到前面去了，他们熟悉路况，会抄近道。"到了机场却发现我们还先一步，小伙子一脸高兴像是得了一等奖。

我们的航班是 CA398，飞北京，正点是八点二十五分起飞，可一直到九点才放行登机。上了飞机又迟迟不见动静。忽然广播通知：由于货物未装完，推迟起飞。从舷窗往下看，几辆装卸车闪着黄灯在慢慢移动，七八个大个子装卸工在一旁慢慢挪着箱子。等行李装好已经是十点多了。

伦敦人怎么如此慢？可能是人家习惯于巧干而不屑于拼命。据说在英国的 GDP 中六成是第三产业。汽车制造已全卖给外国企业，铁路也是别的国家来修的。2005 年 1 月到 7 月，英国的贸易逆差为三十五亿英镑，其中货物贸易逆差五十一亿英镑，服务贸易顺差十六亿英镑。伦敦更是劳动力匮乏，伦敦人用的水、电、煤气都来自其他国家。为了刺激供给，体力活多采用计时工资。伦敦的最低时工资是四点五英镑，合人民币六十多块。这对雇主来说人力成本是绝对不能轻视的，而对雇员来说磨洋工则可能是最好选择。问题是这又怎么保证你不拿别人的时间不当数呢？除非全世界人民都不再被效率这条狗追着跑。

2005 年 10 月

与一位北京的哥的对话

8月27日上午10点，出门赶飞机去杭州，一辆红色富康停在大门外，近看是个体出租。正在犹豫，师傅已下车来，再看车内蓝座套白靠垫整洁干净，便放弃了犹豫。师傅接过行李箱，小心地将正面向下放在后座左侧，然后招呼我上车。

“您去哪儿?”“机场，熟悉吗?”“没问题，您看怎么走?”“怎么快怎么走。”“从北二环上机场高速或走北五环都行。五环绕一点但快些，不会堵车。”“走五环吧。”

还没打过个体出租车，有点好奇，我们聊了起来。

“个体出租车要交份子钱吗?”

“不要，每月只缴五百块税钱。”

“没别的费用了?”

“没了。”

“加油、修车、保险怎么办?”

“和公司出租车一样全自己管。”

“那你的负担不是比开公司的车轻多了?”

“那是。他们每月得缴四五千块的份子钱。”

“谁管你们?”

“协会，我们有个体协会。投诉、年检、学习，什么都管，比他们还严。”

“你们的服务质量比得上他们吗?”

“当然。出租车的目的就是安全快捷地将客人送到目的地。他们的车不安全，不是打滚就是剐蹭。一天要干十几个小时，坐在车里就打瞌睡，能不出事吗?车也没人爱惜，起步、加速、拐弯，怎么方便怎么来，经常修。我这个车用了七年，您看是不是还像新的。”

“保养得不错。”凭感觉我肯定了他的话。

“他们都新手多，路线不熟悉，怎么走还要问客人。客人知道怎么走还打你的车，不乘公交车?我跟您讲个事，春节前，有两个外地女士要去西客站，司机拉着人家转了快两个小时就是没找着地儿。花了钱还耽误了赶车。后来打官司，法院判司机赔两倍的车票钱。”

“公司的司机都是哪儿来的?”

“多半是郊区农民。”

“通过亲戚朋友介绍?”

“公司到乡下去招。郊县的农民没事做，有车开还能满大街跑，谁不乐意?但干个一年半载就吃不消了，就想别的法子了。人就这脾气，开始新鲜，干一阵就腻了。开公司的车负担太重，赚不了什么钱。想赚钱就得拼命。有的人家里盖了房欠了债，凭年轻咬咬牙挺两年，赚点钱就换行当了。”

“照这样说，出租车公司不是没有必要?”

“是呀。”

“你这个车要是两人轮着开，不是更赚钱吗?”

“个体出租车只能家里人开，不能与别人合伙。我老婆有时开，但她总是蒙我，一会儿说要给我做饭，一会儿要带孩子，一个月也开不了几次。要是电视里有球赛，那就对不住了，她就得开。”

“不是经常有球赛吗?”

“我只看国外的篮球、足球，水平高的。国内的都不看。”

“你的名字挺好，‘学文’，怪不得你说话一套套的。”

“嗨，瞎侃呗。平时没什么事，看看报纸什么的。”

“你一天干几小时?”

“上午四小时，下午四小时，中饭回去吃。上了路有活就干，没事就找个地方趴着。”

说话间已靠近机场。他问我是去一号航站楼还是二号。还没遇到过这样的问话，一下说不上来。我告诉他去杭州，国航的飞机。

“那是二号。”

到站了，机票加过路费一百零六元。

“祝你生意好，身体更好!”

“谢您吉言，一路平安!”

我在告别声中下了车。

2005 年 11 月

晚秋的银杏

深秋的北京，银杏是绝对值得欣赏的。一夜之间整个树冠全黄了，每片叶子都黄了，黄得热烈、全面、坚定、自信。让人想起青花瓷杯里的浓茶，想起将要收割的稻田，想起金碧辉煌的宫殿。在蓝天白云下，在绿色草地上，在灰色楼宇前，它们俨如雍容华贵的时装模特，在微风中闪着金光，格外耀眼；在阳光下和灯光里，它们又像玉器和琉璃，剔透玲珑，引得行人驻足观望，流连拍照。树叶黄是黄了但不枯萎，仍然舒展，在风中摇曳闪光，好像在展示着生命的灿烂。这段时间大约会持续半个月之久。哪一天晚上刮大风，叶子便会全部飘落。由于银杏的叶子特别浓密，落叶时间较为集中，而尚未枯萎的叶子又飘不远，落叶便集中在树下形成厚厚的一层，像黄色地毯一样。

一天打车经过钓鱼台东门。围墙边高大的银杏树已没有多少叶子，落下的叶片有些挂在矮松上，宛如绽开的黄月季，大部分掉到草地上，染出一片厚厚的金色。上下三种不同成色的黄，错落有致，在乳白色围墙的映衬下，构成一幅淡雅安详的画面。小男孩用双手将树叶捧到一起，堆成一个个小山包；系着兜肚的小狗围着主人在草地上来回跑；依偎着的情侣席地而坐，靠着树干，望着天空，什么也不说。

趁汽车排队等待左拐弯的时机，我欣赏着车窗外的这些。“你看这边好漂亮。”我有些按捺不住地对前面的师傅说。“您说对了。北京的冬天和春天多风沙，夏天又很热，只有秋天是最好的。”他没有回头，继续盯着前面的车队。我转头想再看看窗外，但车子已经启动。噢，原来北京的晚秋是很美的。只是这美越来越少，越来越不为人注意。

2005 年 11 月

去德国享受高速公路

据说德国的高速公路吸引力不减。不少国外人自驾车去寻找开快车的感觉，中国的赴德“高速公路旅游团”也在增加。我相信这是事实。去年9月我们一行二十多人在德国培训，其间有几天是参观各地金融机构，跑了二千多公里的高速公路，感觉就像旅游兜风。

开始有人担心晕车劳顿吃不消，还备了一箱子药。结果却是一路笑语鼾声，人人惬意，个个平安，长了见识，也领略了风光。有人说这是托上苍之福。秋天大概是地球上许多地方宜人的季节，德国也不例外。和风丽日，层林尽染，无边的绿色渗透到天际，偶有村庄与河流点缀其中。近观远望总是让人神清气爽，赏心悦目。我想说的是另一点感受：行车环境好。

德国的高速路大都平直，视野开阔，起伏少，弯道少，大家都讲规矩，很少超车抢道。如是车行平稳，路路畅通，很少左拐右突走走停停。从标识牌上看，不同车型有不同车速要求，大巴限速在一百一十公里。我们车的表针就似乎总是指着

110。长长的车龙快速前行，有时让你感觉就像坐在高速运转的流水线上。再加上听不到鸣笛，看不到广告，又不停车缴费，连道路两旁的护坡、空地、隔离带都拾掇得干净整洁，你尽可能放心打呼或欣赏窗外景色就是了。

这样的环境是如何营造出来的？路好是很多人知道的。20世纪30年代德国就提出了“南北二十四小时通达，路面能起降飞机”的高速标准。除此应该说主要是管出来的。我坐前排，与向导近，视野好，了解到了一些德国的交通管理情况。

由法兰克福去斯图加特，是一个星期六上午。走了大半天，车流不断但不见一辆货车，我以为是客货分道，向导说不是。在德国除非有特种牌照，如运送紧急药品的车，一般货车周末是不能上路的，司机和车辆都必须休息。

那客运司机又怎么休息呢？当然也有细致规定、严格要求。如：司机每工作两周要休息一周；每天出车到收车不能超过十二小时；每次连续开车不能超过三小时，超过这个路程的必须休息半小时才能上路。为了让乘客做好配合，我们乘坐的大巴，几点动身、中途休息在哪儿、何时到达，都会被事前告知。只要乘客守时，时间安排一般都不会有什么误差。为了备查，有关行车信息都记录在驾驶室的一张类似光盘的纸片上。每次出车前，驾驶员都要将纸片插入记录仪中。

由科隆出城，堵了一小会儿车，前面有拖车将停在路边的一辆小车拖出来拉上平板车。司机探头问警察什么原因。原来是小车停在了残疾人的停车位。按惯例，类似的违章车将被拖到很远、收费很贵的停车场，而且不告诉被拖车的主人，让你自己上网去查地址。要将车取回，罚款加停车费得花去三四千欧元。据说这样的错误一般人都不会再重犯。

在德国，驾照考试是一件很严肃的事，驾驶资格的管理也很严。除了理论考试、路考，还要在师傅陪同下在各种道路上行驶一定里程才能上路，甚至还要做能否开快车的心理测试，考试费用也很高。考驾照首次通过率不到一半。拿到本后还得小心行事，一旦有违规记录，往后驾车、购车、就业、享受社会福利都会受影响。

像国内一样，德国的很多路段也在翻修或拓宽，但大都不会造成拥堵。这与作业方式有关。几乎所有修路都是一种模式：一个个车道一段段修；同时利用路肩和收窄原来的车道，用醒目的黄色重新标线，路不管修到哪里，车道都保持原有的数量，不会出现瓶颈。

在这样的环境中，车况好是无疑的。几天下来硬是没见一辆抛锚车。这除了质量和设计外，恐怕与车辆保养要求严格也有关系。交通法规要求，所有客车一万公里须做一次小保养，二万公里做一次大保养。否则会罚款，有了问题保险公司也不负责理赔。

当然，再好的管理也会有真空。德国现有四千六百万辆机动车，每年有五千人因车祸伤亡。大多是酒后开快车和打手机所致，而且集中在周一上班高峰时。我们的司机是个小伙子，技术好，态度也好，但经常边开车边打电话。大概是与女友小别重逢的缘故，在回法兰克福进城前的路上，居然连续打了半小时电话。不过类似的情况在德国人乘坐的车上一般不会发生，因为这类“闲事”他们一定有人管。

2007 年 8 月

不给日本人筷子行不行

下面数据主要来自日本农林水产省林野厅和海关。

日本一年消耗一次性筷子二百五十七亿双，人均二百双左右。其中3%由日本国内提供，1%从东南亚各国（地）进口，另外96%来自中国。

近二十五年来，日本本国自产和东南亚向日本出口的一次性筷子迅速递减，是中国出口在迅速填补这个缺口。1975年日本从中国进口的筷子是三百箱，1984年是二十三万箱，2003年达到四百九十四万箱，占日本进口总量的99%。近十年中国向日本出口一次性筷子四千四百八十六万箱，每箱按五千双计，共两千二百四十三亿双。东南亚国家每年出口只有几千箱。韩国、印尼等国的出口量都在下降，新加坡和菲律宾已停止出口。

1990年日本自产一次性筷子二百四十亿双，现在几乎不生产了。其每年用于生产一次性筷子的木材仅占全年木材消耗的0.3%，采用的都是为改良森林生长环境而间伐的木材和建筑、家具用木的下脚料。在日本，三双一次性筷子可以制造一张明信片或一张 A4 复印纸。因此日本的一次性筷子回收再利用率很高。日本自产的筷子大都是高级品，一双十几日元，从中国进口的只能做中低档产品，一双几日元。

按一棵成年树生产一万双筷子计算，出口二百多亿双筷子至少需要二百万棵树，需要数万平方公里的森林。我国的森林采伐一般是一采光，或是采后复耕而不是复种。出口筷子所毁灭的森林、竹林是其生长速度的十倍。按出口量的30%为竹筷子计算，一年也要一亿株竹子。

目前我国的森林覆盖率是 16%，比二十年前提高五个百分点，目标是 2025 年达到 25%，实现山川秀美；日本现在是 65%，我国目前只有江西省达到这一水平。

那么究竟不给日本出口筷子行不行？现实的回答肯定是“不行”。我们有一百个理由来支持这个“不”。诸如用替代性木材不影响森林资源、需要考虑就业、可以增加出口，等等。

尽管如此，尽管这些文字不会有什么用，但当我站在办公楼上往西看，“西山晴雪”几成神话，而站在西山往东看，除了中央电视塔，其余只是蒙蒙一片雾霭时；在我知道全世界二十个污染最严重的城市十六个在中国后，在我羡慕曾经千疮百孔体无完肤，如今却不是森林就是绿草覆盖的德国时，我还是想把它写下来。除此以外，还因为我们知道：除了日本人，我们自己每年也要消耗掉四百五十亿双一次性筷子，每天要为此砍伐1.45万棵树；除了筷子，我们的建筑、装修、家具、造纸都在大量消耗木材；除了自毁森林，我们还到印尼、缅甸等国砍伐树木。

2007年10月

郴州是否还有夏夜的凉爽

春节前夕，被冰雪阻断的交通逐渐恢复，南下的列车已基本正常。2月4日，我如期乘上了T201次火车回湖南郴州岳丈家过年。车过衡阳，窗外开始出现倒塌的电杆、耷拉的电线还有折断的树木，越往南情况越严重。开始，我以为只是一些阔叶或是材质较脆的树种才会倒下，事实却远不是这样。出站后便发现，街头巷尾已看不到一棵完整的树。折断的树冠披头散发，横七竖八，街道两边到处是没来得及清理的残枝和积雪。

我认识郴州已二十多年，它给我最直接最深的感受是夏天的温差，哪怕白天再热，一入夜气温就会慢慢低下来，给人丝丝凉意。我始终认为这与森林有关。据说“郴”字就有森林之都的意思。郴州位于罗霄山脉与南岭交会处，是一个林木覆盖率很高的山城，终年郁郁葱葱，有“南国福地、粤港后花园”之称。而这场冰雪很可能改变郴州的独特小气候。

正月初二，太阳出来了，气温有所回升，城中的北湖公园有些游人。南大门的右侧是一大片樟树，可惜全没有了树梢，十多米高的树干成了一片树桩。再往深处，无论是阔叶还是针叶，无论是常绿的还是落叶的，无论是乔木还是灌木，无论是脆质的还是柔性的，不是没了树冠，就是折了枝干，几乎看不到一棵像样的了。香樟、梧桐、青松、塔杉、山茶、桂花、臭椿、苦楝，断的断倒的倒，无一幸免。为防意外，园内的所有林子全用红纤维绳围着。

初三，冰雪已开始消融，我登上了位于京广线边上，湘南起义纪念牌（当地人称东塔）北侧的山头。这原是一山苍翠挺拔的老松树林，大的一人抱不住，一般都有脸盆大小，眼下却是面目全非，一片狼藉。站在山头往下看，就像飞机大炮轰过的一样，所有松树不是没了头就是折了腰。有些坡面几乎全军覆灭，留下光秃秃一片树桩，湿润的空气中还夹杂着阵阵松香味。连根拔起的大树蔸掀起的泥块像堡垒似的，足有一人多高。松针被冰雪紧紧地连在一起，上平米见方的雪块、脸盆大小的冰坨，随处可见。参天大树为什么会被轻飘的雪花压垮？我在这里找到了答案。

初五，苏仙岭公园仍然大门紧闭。门前的红纸黑字告示：园内水电损毁，道路不畅，滑坡坠冰可能伤人。海拔五百多米的苏仙岭是郴州的骄傲，当地人称十八福地。乘火车南下或北上经过郴州，面向东边，远远地就能看到矗立于山巅的苏仙寺，白墙黛瓦，在簇拥的山林映衬下格外夺目。它是郴州的标志。园内竹林密布，参天巨木遮天蔽日，不时有泉水从石缝里沁出来，烈日下的阴凉让人流连忘返。山腰和山巅分别有道教和佛教场所。山顶的苏仙寺曾幽禁过张学良将军。往年春节这里甚是热闹，游玩的、烧香的、健身的，人流如织，眼下却是一片清冷。我绕到山后，在几位村民的指点下，找了一条小路。说是路，实际上找不到任何路的痕迹，倒下的树木、压弯的竹子、灌木丛将整个山坡覆盖得严严实实。树枝上、藤蔓上全结着冰，牙签大小的草茎凝结的冰柱有香蕉般大，只能用棍子敲打试探后，再踩着雪渣冰块一步步往上攀爬，三百来米的距离整整花了两小时。登上山顶只见一片白，房舍桌椅、电杆电线、树木花草，全被冰雪封冻着，屋檐边挂着几尺长的冰柱。活脱脱一个《后天》世界。正面下山的路已被清扫出来，但空无一人。路灯倒在水沟里，电缆坠在半空中。汩汩流下的雪水和偶尔从树上掉下的冰块，在败象上又增添了几分寂寞。

有人说，南方的这场冰雪灾害损失估计不超过 GDP 的 0.3%，不会有严重的后果，伤害最大的只是电力和交通。其实这些判断大多基于直观。“十年树木”，已毁林木的恢复是困难的，而它们还可能导致滥伐、生态失衡、森林火灾等并发症。类似的间接损失目前还无法估量，也不会太引人注意。尽管也有专家提出，要尽快处理受灾林地，启动森林生态系统修复工程，防止造成严重的生态和社会问题。但对远离视野和直接生活的问题，人们的看法未必一致，行动也未必能得要领。

离开郴州的前一天，天气很暖和，妻子想去看看曾经就读的小学。学校后山有一古塔，始建于宋初，人们根据它在城市的方位称为南塔。与其他城市一样，关于塔的故事很多，流传最广的莫过于“镇灾安民”一类。这里原来是一片荒山，现在是一个在建的公园。塔已修缮一新，塔基围栏上有一石刻功德牌，密密地刻着修塔捐款者的姓名。妻子也想表点心意，但没找到受捐的地方。在她的记忆中，南塔就像一位慈祥执着的老人，天天守护着她们上下学。我们绕着塔基流连漫步，感受着人们对古塔的信仰与寄托。远处，苏仙岭的积雪已融化得差不多了，海拔高度是苏仙岭两倍的王仙岭，积雪也已经稀疏。雪水汇入郴江滚滚而下，宋人秦少游笔下“郴江幸自绕郴山”的景象依稀可见。只是眼下的江水已带有几分混浊，饱含着不少遗憾。远眺环抱城区的群山，仰望飘过塔顶的云彩，我默默祈望上天：留住郴州夏夜的那份凉爽吧。

2008 年 3 月

汶川地震我们能得到什么

5月21日是全国哀悼日的最后一天。晚上九点左右，三对穿着时尚的年轻人来到金融街广场，他们要在那儿燃上蜡烛，遥祭远方的罹难者。蜡烛摆成了两个相套的“心形”，中间一个“川”字，下面是“5·12”。灰色地面上的白蜡烛很夺目，加上摇曳着的橘黄色烛光，气氛庄重而富有温情。不料一阵风来，点燃的蜡烛全被吹熄。再点燃再被吹熄，几次都没有成功。于是六人干脆席地而坐，等待阵风过去。

一场地震震动了大地，震撼了每一个人的心。人性的善良与本能被激发出来：同情、团结、包容、互助、坚定、乐观、感恩、反思……向前看，最基本最重要的恐怕是学习，是从事件本身及其引起的所有活动中吸取教训，获得经验。

地震中大家看到，最惨痛的是学校。有人问：“为什么?”有人答：“教室不同于民房，空间跨度大。”又有人问：“按规定，中小学教学楼不能超过五层，顶层必须是水泥现浇而不能用预制板。但倒塌的教学楼为什么有超过六层的，而且顶层大多是预制的?”无人答。当然不能答了。绵阳邓家乡刘汉希望小学在地震中保持完好，同一企业捐建的其他四所希望小学也都安然无恙。香港慈善团体的“苗圃”项目在四川建了六十一座小学，其中六所位于震中附近都没倒。如果我们的开发商、建筑商，还有那些制假售假者，甚至我们每一个人，都能从残酷事实中，明白真与假、好与差、认真与马虎的差别，从此凭良心办事，靠本事吃饭，让全社会多一分责任，少一点贪心，多一点远见，少一点短视，我们那些在天堂里的孩子一定会多一分慰藉。

地震后全国上下纷纷发起爱心捐助。其中，许多人慷慨解囊，颇受赞赏，也有不少名人大亨、国外厂商因捐赠与他们的名声和财富不成比例颇受非议。非议可以理解，但难免片面。首先任何人掌握的信息都是有限的。后来人们发现，那些被批的人和企业，有的5月12日当天就有捐赠行动，数目还不小。再者，有的动手早，出手大方，能够立刻引起关注；有的则不想造势，不想公开。在捐赠方式上也有各种选择。有的乐于一次性，有的则想细水长流，长期跟踪灾区灾民的需要，尽己所能提供有针对性的援助。更重要的是如何看待捐赠。发自内心的捐赠应该是一种志愿，是一种自主选择，而不是义务，不是负担，更不是社会责任的唯一表现。如果大家都这样认为，这样行动，我们社会的慈善事业就会持之以恒，健康向上。

有短信感叹：在地震的片刻穷人与富人同行，少年与老人携手，恩人与仇人同去，平民与官员共趋，抹平了恩怨情仇，埋葬了功名利禄。我们不能不承认，死亡的不可抗与生命的周期性是解决人类复杂问题的最终也是最有效的手段，这是自然的巧妙，也是人类的无奈。问题是我们能不能在生命邂逅死亡之前，就能有所感悟，有所行动。比如说：少得意忘形，多看重自己，少怨天尤人，多善待别人。比如说：官员不狂妄，富人不会不仁，穷人不仇富，族群不猜忌。

为支持抗震救灾，5月14日上午，有家大银行总行向分支机构发出了捐赠汇款和个人向灾区汇款免收手续费的通知。通知内容要在极短的时间内传达到一万三千四百个网点的近十万操作人员。但由于政策调整涉及部门多，操作要求具体，信息传递环节多，个别基层网点到下午还不知情，或不知道如何操作。这对银行就是一个发现问题、改进管理的机会。面对类似紧急情况，要确保部门间配合有序、上下信息传达通畅、要求明白可行，必须研究建立相应的机制。

中华民族生生不息，关键因素是善于学习。“学而时习之，不亦说乎”“前事不忘，后事之师”“吃一堑，长一智”“失败乃成功之母”“智能之士，不学不成，不问不知”。这些格言是智慧的体现，也应该是历史的写照。巨灾是威胁生命的大敌，也是丰富生命的大学。我们一定能从这次大灾中得到很多很多。

2008年6月

游尖峰岭

尖峰岭位于海南岛西南部，距三亚市九十公里。那里有大面积原始热带雨林，2008 年出差三亚，得空一游。

一

出三亚市区，上西线高速，奔目的地。虽是高速却不收费，也不见收费站，以至于上了高速路还不知道。路两侧除了防护栏，没有隔离栅栏。路上车不多，越往北车越少，但常有摩托车或行人同行，甚至迎面而来，偶尔还会见到羊群在路边晃悠。路面不平，有的地方破损严重，沥青已裂成碎块，露出泥沙。路边指示牌也很随意。快到尖峰岭了，首先看到路标是还有两公里，走了一阵，又有路牌显示还有十二公里。

我不知道这样的路况是不是与不收费有关。海南是全国最早实行费改税的，岛内所有公路都不收费。费改税的目的是公平负担，提高效率，全国推行已是大势。以后大部分公路将不再收费，但如果公路管理养护质量也随之下降，改革的初衷就只能是一厢情愿了。

二

行车两小时到达山脚，住在一个叫桃花园的山庄。山庄位于水库边，房檐屋顶、树枝和山坡上都亮着彩灯。水映灯光，一片繁华，远远看去，像个热闹的小镇。旅舍不大，陈设也很简陋，但是干净整洁，通风很好，不像城里的宾馆，关门闭户总有异味。房间几乎全用木料装饰，墙壁、天花板、条椅、行李架、洗脸台、衣帽钩，都是木制的。放下行李已经八点多了，去找饭吃。服务员说出门左拐到丁字路口有块大石头，上面写着“草堂饭庄”，按箭头方向走就是。在路口碰到四五个女孩，试着问哪儿有饭吃。她们停下来反问了两句，便领我们往前走，穿过一道两边长满了藤蔓、顶上吊着瓜果的长廊，来到餐厅。原来她们是这里的服务员，本已收拾下班。点菜、倒茶、摆碗碟，她们各自忙起来。我们就两人，要了一份青菜、一个清蒸鱼、一只鸡，外加半斤米酒。很快，花生米、蒜泥、剁椒等冷盘上来了。不一会儿听到鸡叫和气炉子呼呼的喷火声，热菜很快也来了。点的菜不多，但摆了大半桌。两条各七八两重的白骨鱼，鲜嫩细腻；一鸡两吃，一半爆炒，一半炖汤；青菜的味道也很鲜。这顿饭花钱不多但吃得很满意。餐厅伴着水库，环绕水库的公路没人也没车，是散步的好地方。望着宁静的水面，路边的松针味让人格外轻松。回到住处已近十一点，一阵浓烈的香味扑鼻而来。大堂值班的小姑娘告诉我们这是夜来香。第二天早上发现那棵夜来香就在楼梯口的过道边，花瓣像金银花，乳白色，长条状，但香味已全然没有了。

山村旅店给我留下了自然纯朴、简单实在的印象。

三

吃过早饭，开车到鸣凤谷去看热带雨林。这是一片已开发供游人观赏的区域。架空的木栈道深入林区中央，绕一圈再回到起点，大约一个多小时。上下起伏的栈道两边全是高大乔木和藤蔓，进入园区，几乎全是在仰望。巨大的树干像殿堂里的柱子直上云霄，不知有多少层楼高；太阳穿过浓密的树冠像一道道手电光，落在阴暗的树叶和杂草上；巨大的藤蔓为了一缕阳光，凌空攀上几十米高空；历经千年沧桑的老树冠上还生长着浓密的绿叶；古老的榕树甩下粗大的气根深深扎入泥土；葵叶花落根在高大的树干上，俨如人工盆景。

两小时的游历使人恍如隔世。这片热带雨林让我们藏身于记录着两千年风吹雨打你死我活进化史的活化石之中。

四

海拔一千四百一十二米的尖峰岭主峰，正面看像一个尖桩直指天空，侧面看，像一块巨大的直角三角形积木，沿着斜坡可到山顶。山巅有废弃的军事设施。一条近三十米长的隧道由山峰的这一边穿向另一面。隧道内有好几间隔开的房子，大概能容纳一个排的人。隧道终点是悬崖峭壁，一个像游泳馆里的跳台的建筑伸出峭壁，悬在半空中，要不是有护栏，恐怕没有人敢迈步向前。嵌在水泥里的碎碗片标明，该建筑建于 1964 年。但它是用来做什么的呢？让人匪夷所思。山顶有碉堡工事，但都已被通信部门就势利用，改成了微波站。可以想象，当年这里一定是把守森严的军事禁区，其神圣使命是不许与外人道的。

下山路上碰到两个俄罗斯游客，我跟他们打招呼。同伴问："你还会讲俄语？"他这一问让我有些哭笑不得。我从上大学开始学俄语直到博士毕业，虽不是专业但费时却不少，而真正"使用"这还是第一次。多年寒窗就派这么点用场，未免滑稽。就像山上那些工事，当年是何等重要，实际上却可能没什么价值。想想人生和社会，许多事都是这样。所谓此一时彼一时也。

2008 年 12 月

温暖的元旦

周末我有睡懒觉的习惯。今年元旦正好是周六，加上头天晚上等贷款数据睡得晚，一觉睡到十点半，醒来时太阳照到了床上。

馒头就稀饭是我最习惯的早餐。一个大馒头，两碗白粥，再加上一勺蜂蜜，让我感到无比惬意，以一当二，中餐也省了。

吃了饭打开手机，不少短信进来。有"兔年突飞猛进"之类的问候与调侃；有"心静者高，心和者仁，心慈者深，心慧者爱"一类的禅语式告诫；还有有意思的段子。

眼看快中午了，妻子叫侄儿小海给爷爷奶奶打电话祝贺新年，又叮嘱用 IP 电话。小海是小舅子的儿子，今年十岁，本在郴州读五年级。担心当地的教育水平，我们让他到北京上学。才来一个学期，进步可不小。来北京前英语二十六个字母只认得前六个，拼音全不会，现在可是过了基本关。"IP 号"加"区号"再加"座机号"，小海按了三次才搞对。"新年快乐、万事如意、身体健康、升官发财”，小海模仿春节时大人们的拜年话说了一串，话筒里传来了爽朗的笑声。想起来我也好久没给老家打电话了。打过去是大妹妹接的，那边是阴天，气温较低，两位老人都好，坐在炉子边烤火。门前的水圳、屋后山坡上的渠道已铺上水泥，这样，春季再下大雨，就不致大水满垄跑，冲坏禾苗带走肥料了，抗旱抽水时也不会大部分水浪费在路上了。国庆节时就听说，政府准备治理东洞庭湖，这大概是其中一项。

下午翻看手机报，又有好几条新闻让人感觉有点爽。

胡主席发表贺词，题为《共同增进各国人民福祉》，将眼光放至全球，把眼光放在百姓身上，有气度，有眼界，有人情味，有感召力。

四川农民罗开友，二十年前因妻子“失踪”而成为杀人嫌疑犯。他用自己的方式寻得妻子一洗冤屈。给他赔偿了十六万元，他表示满意。在浙江武义打工的贵州农民燕鸣跳入河里救人后悄然离去，引起人们的热议，引起了城里人走访农民工、送农民工平安返乡的活动。这样的农民真不简单，真的很可爱。人性有阴暗也有光辉，在他们身上我们看到的是光辉。

北京市对符合生育二胎的人群实行免缴社会抚养费政策。这虽然惠及不了多少人，但表示已经在松动坚持了多年的一胎政策。生育率下降、老龄化加速、人口结构失衡等重大社会问题，无疑在昭示着人口政策必须调整。

广东惠州的陈某和曾某因砍伐林木二十七立方米，被判四年刑罚。二人表示愿以栽活十亩树木的行动来悔过自新。法院接受了请求，二审改判三年，缓期五年，罚款五万。这无疑是一举多得，可以降低成本，也可以教化人，更重要的是它或许是法治多元化、人性化的起步。

还有个好消息，国内支线航班免征机场建设费，每年将有上千万人因此受益。

最后一条是：朝鲜《劳动新闻》发文表示，期望朝韩关系得到改善，要求无条件、尽快和韩国当局会谈。其心情之迫切、目标之明确可见一斑。不管是真是假，对朝鲜半岛近来的紧张关系是有益的。

晚上七点半，北京音乐厅有场音乐会，我们早早吃了晚饭，散步来到现场等待开幕。

2011 年 1 月

登山的经验

登山是一种奢侈。要享受登山之乐，必须是在草木葱茏、海拔过千、人迹罕至之地。这样的山城里是没有的，往往得长途奔袭才能得之。而要有新奇之趣，最好是每次登不同的山，或走不同的路。有了好山还要好路。无论质量多好，景致多漂亮，凡是人工修筑的路都不是远足者的好选择。最好的登山路是人走出来的土路，落叶杂草覆盖，似有似无若隐若现，富有弹性又无拘无束；两旁草木扶疏，穿行其中总有阴凉与清香相伴；最好还有点险峻，时而需要手脚并用，令人有惊无险印象深刻。海南五指山的路就属于这一类。除此，还得有志趣相投者同行，相互照应也相互攀比。如此讲究，成本自然就不低了。

登山最好不要向导。没人带路才有求索的味道，才能享受发现的乐趣，才有冒险后的成就感。但如果是没登过的大山、没走过的远途，最好让去过的人详细描述一下线路，或是画个草图，确定好往返路线。注意，一定要找去过的人参谋，哪怕住在山脚下的人，只要没上过山，他们的话就不足以信。山里很难分辨东西南北，也很难找到参照物，最根本的线索就是路，没有路就没法把握前途。

登山最要欣赏的是声音、气味、颜色和高度。潺潺的溪水、飒飒的树叶声、婉转的鸟鸣，还有昆虫的吟唱，都是行进的伴奏。云的气味、阳光的气味、风的气味、水的气味、泥土的气味、草木的气味，都能让人神清气爽，流连忘返。苍绿的树叶、斑斓的花朵、清澈的水潭、高淡的云彩，都是不登山者难见到的。站在山顶极目四周，山脉峡谷、河流湖泊、道路建筑一览无余，让人感慨和遐想。在亚布力大锅盔之巅，凉风习习，高高的天空除了偶尔有鸟飞过什么也没有；山下是寂静无边的松林，一个山头接一个山头，没有道路，没有房子，没有人影。我们坐在山顶的伏地松旁边的石头上，仿佛进入了另一个世界，如果不是还有回程，恐怕谁也不愿带头起身。

登山如同饮酒。有的人艺高胆大，不动则已，一旦成行再高的山也非要到顶不可，出几身大汗，累个半死，甚至有点惊险，挂点小彩，才算过瘾，如同好酒之人，要的就是那种畅快淋漓、人仰马翻的感觉。有的是先声夺人，一迈步便嗖嗖地往前赶，结果往往是到不了山顶，如同有胆无量之人，别人尚未喝好他却先倒下了。有的人像爱好烈性酒一样，喜欢野山、高山、大山、陡山，越刺激越有挑战性越好。有的人像爱好低度酒一样，喜欢坡度小路径好的山，不急不躁拾级而上。有的人出点汗，腿有点软，胸有点闷，还不到极限就放弃了，就像有的人怕酒，喝两口，脸有点红头有点晕就打退堂鼓了。他们大都尝不到突破极限的轻松和愉悦。有的人总是以把别人拖垮为目的，就像以把酒友喝倒为乐，在他们看来只有这样才有成就感。有的人爬山回来，总要与朋友分享，绘声绘色地讲述过程，眉飞色舞地描述如何如何有趣，如何如何艰难，如何如何惊险，就像三五个人一起喝酒，大家都说自己喝了多少多少，加到一起却远远超过总量。

登山如同人生。爬山可以慢慢悠悠，边走边欣赏风景，志在过程不在高远；生活可以不急不躁，不愠不怒，有条有理，有滋有味。爬山可以一心向前，专注于高度，专注于目的地；人生可以专注于学或业，一生成就一事。爬山可以走大道，可以从众，也可独辟蹊径；生活可以行船跟搭伴，也可以我行我素自走自路，像郑渊洁一样。登山必须下山，就如作家马尔克斯所说："山是有顶峰的，当一个人往上爬的时候，他唯一能做的明智的事情，只能是重新往下走。"山爬得再高，看到的风景再好，也得离开，也得下山；人一生再风光，再富有，再长寿，也得放弃，也得故去。

登山让人反思。经过艰难的攀登到达山巅，更能体会到生命的意义与挑战。与自然接近，你会感觉自己不仅是人类，也是大自然的一份子，需要相互依存；相对于大自然，人类是那样渺小，人属于大地，而大地不属于人。为了生存，我们不得不向自然索取，而对自然的贡献，我们却不如一棵小草、一只昆虫；所以面对自然，态度要恭敬，要小心翼翼，要怀着感激和歉意。古人主张“钓而不纲，弋不射宿”，大概就是这个意思。自然的美好是对人类的召唤，而人类却很难领略到自然的独特，因为人多以自己的逻辑和理性行动，因为人最需要的是当下而非未来。印第安人就理解不了现代人的做派。西雅图酋长当年在与美国政府签订以土地换和平条约时说：“在我的记忆里，在我的生命里，每一块晶亮的松板，每一片沙滩，每一缕幽林里的气息，每一种引人自省的、鸣叫的昆虫都是神圣的……你们没有安静，听不见春天里树叶绽开的声音、昆虫振翅的声音，听不到池塘边青蛙在争论。”

2011 年 8 月

五彩缤纷阿尔山

“阿尔山”在蒙古语里是指“水”，在汉语中是指“山”。其实，它既不是山也不是水，而是一个地名，是一个有山有水的地方，是一片位于大兴安岭南麓的丘陵。

阿尔山是中国纬度最高的城市之一，在北纬四十六到四十八度，平均海拔在千米以上，但最高处不过两千米。一年四季，冬季漫长寒冷，最低气温可到零下四十度；春秋两季不长不短，不冷不热；夏季短暂凉爽，最高温度不过三十度。这里的地貌很有特色，火山岩遍布境内，在森林、草原、湿地、河流中，到处可以看到像矿渣一样黑乎乎的石头。历史上，阿尔山是横贯欧亚大陆的草原丝绸之路的东起点，由此往西可直达多瑙河畔。故也有人称之为小瑞士。

在我看来，阿尔山的最大特点是生动多彩的色调。

初春时节，冰雪逐渐消融，黑土地与白雪相互杂陈，绿草钻出地面，绿叶挂上树枝，大地由白向绿过渡。晚春与夏天，阳光充足，是草肥水美的时候，也是农耕的好季节。生机勃勃的草木和农作物替代积雪，将黑土地覆盖得严严实实。山坡上，道路边，各种野花轮番绽放。置身其中，你会觉得哪里都有风景，哪里都像花园。晚秋时节，草丛、灌木、白桦、落叶松由绿变黄变红，黄的黄得像金子，晶莹华贵；红的红得似火焰，热烈大方。湛蓝的天空飘着朵朵白云，举目及远总让人心旷神怡。这是色调最为丰富沉稳的季节。每年十月雪花会如期而至，飘飘洒洒，漫天飞舞。积雪直到来年四月，周期长达半年，平均厚度超过一尺。皑皑白雪几乎会覆盖一切，除了树木、道路和房舍，能看到的全是雪。但这里的冬天并不单调，独特的山形地貌使它成为冰雪运动爱好者的最爱。每年冬季，数以万计的人们来这里享受雪的世界。他们成群结队，点缀在苍茫天地之间，平添了许多生机。

阿尔山的乔木以落叶松和白桦为主。落叶松树干高大挺拔，表皮粗糙黑黝，枝丫横生，形态伟岸。白桦树干细小，形态婀娜，细腻的白色表皮带有横向纹理，远看像抹了一层白灰，近看如包了一层白纱。白桦总是如影随形伴生在落叶松之间，像在深色的画布点缀上白色。难怪当地人把它们称为夫妻树。秋冬来临，白桦树叶由绿变黄，到金黄，直到深红，装点出“万山红遍，层林尽染”的景色。等到下雪，白桦又会全变成白色。这变化的每一过程似乎都能入画。在商店里，能看到许多表现这些景致的油画，如同我们常见的那些俄罗斯油画。

河流也会随着季节变化呈现不同颜色。冬天所有河流都会结冰，进而被白雪覆盖。春天来临，河流开始解冻，河水被松针染上色彩，由青变红，到深褐色，然后慢慢返青。阿尔山有不少大型公园，如国家森林公园、地质公园、湿地公园。公园里有天然林海、高山湿地、冰雪温泉、火山熔岩、石林峡谷。其色彩和形态千变万化，自然是游客最集中的地方。一年秋天，我去参观国家地质公园，还没进门便被门前的河流吸引了。有人介绍说，这是一条不冻河，长约两公里，终年流淌着带着地热的山泉，就是零下四十度的寒冬也不会结冰。河床平坦，水流缓和，河中央有随水飘动的绿色水草，河两岸是草地山林。我站在河的左岸欣赏着。哗哗的河水，舞动水草，腾起浪花，绕开石头，流向远方，仿佛一路嬉戏打闹的学童，经过眼前，消失在山路的拐弯处。河对岸，一群黄牛躺在洒满阳光的缓坡上慢条斯理地反刍。河中央的石头边一群水鸟，有的游弋潜水，有的飞起来又落下去。这画面让我感觉无限温暖惬意。如果不是行程紧张，我会久久地待在那儿。离开了好一阵我还在想，假如冬天来，见到的一定是一片宁静雅致的风景：冰清的河水冒着热气，舞动着水草，蜿蜒穿过白色的大地。

2013 年 9 月

我家嗅嗅

嗅嗅是我家小狗，它与我们一起生活了十二年。去年 6 月 5 日，嗅嗅离开了我们。一年过去了，它的容貌身影、行止举动，却始终历历在目。

一、嗅嗅的由来

它与北京许多人家的爱犬一样，也是作为孩子的奖品来到家里的。女儿小时候特别喜欢动物。鸟、虫、鱼、鸡、鸭、兔，但凡能家养的都养过。读初一时她央求养狗。由于房子小，又怕耽误学习，妈妈一直没松口。上初二时她又提出来。出于应付，妈妈说，如果中考能考入你们北师大实验中学高中部，就给你买一只狗。她说好，从此不再提买狗的事。妈妈窃喜，以为这是个两全其美的好办法，既有激励作用，又可能两年后她就不再想这事了。

初中毕业女儿直升本校高中部。这年暑假，她又跟妈妈提出买狗的事。妈妈没辙，为了信守承诺，只好同意。碰巧女儿大舅的一个熟人家刚好有一窝小狗，暑假回老家，舅妈便带女儿去挑狗。她们进门时，六七只小狗在沙发边玩，其中一只摇头摆尾地迎过来，然后在沙发前跳上跳下，好像有意表演似的。而它的其他兄弟姐妹都跳不上沙发。女儿一眼就看上了。不巧的是这只小狗已经有了主。好在舅妈有办法，她拉着女主人的手说，我外甥女从北京来我们这小地方一趟好不容易，如果这点要求都满足不了她，当舅妈的哪还有面子，你就给我帮个忙吧。再说你家的狗能进北京，那也是很有面子的事哟。话还说着，五十块钱已塞到对方手里。人家只好勉强同意。

狗是买了，可怎么带到遥远的北京去呢？进火车站时，女儿将小狗放在装鞋的纸盒里夹在腋下，蒙混过关上了车。过了四五站，小狗不老实了，非要从盒子里出来。列车员来查铺发现了，说狗不能带上车，下一站必须送下车。女儿和她妈妈说了很多好话都不管用。女儿说，如果只能这样，那她和小狗一起下车。妈妈只好找列车长。列车长听了听情况说，那你们得保证几点：一是不能让狗在车厢里跑，二是不能让它随地拉屎撒尿，三是不能让它到铺上去。女儿一一答应，还保证说，我不睡觉也会把它看管好。就这样，一只南方小镇上的小狗来到了北京。那年流行一本书，叫《谁动了我的奶酪》，书的主人公叫嗅嗅，小孩很喜欢，便把这名安到了小狗头上。

嗅嗅刚来时才一个月大，满身毛茸茸的，很好玩很可爱，但看不出是什么品种。半岁多后，它就不再长个了，身高也就三十来公分。全身黑黄白毛相杂，背部和肚子上有地图样的花斑，两只耳朵尖上长出长长的细毛，额头与眉心处的白毛被周围的黄毛围着，恰好呈一心形状。带它散步时有人见了说，这只蝴蝶犬很漂亮。我们将信将疑。后来到派出所上户口，给发了本图文并茂的犬类知识介绍，一比对才知道嗅嗅还真是只蝴蝶犬：额头上的花斑与两耳上的长须恰好组成一个动漫状的蝴蝶图形。

二、嗅嗅的生活

时间不长，嗅嗅就俨然成了我们家的一员。我们给它添置了一套用品。告诉它叫女儿姐姐，叫我们爸爸妈妈。

它的饮食几乎与我们一样。一日三餐，我们吃什么它吃什么。米饭、青菜、骨头、菜汤是主食；核桃、花生、苹果、西瓜它也吃。狗粮倒是吃得很少。后来女儿出去读书，家里一天只开一次火，它也就只能一天吃一顿了。白天除了水和零食，一般到晚上才有饭吃。妻子将嚼碎的蔬菜、肉丝加菜汤，细细地拌匀，满满一小碗，放在厨房墙边上。它经常吃得精光，把碗舔得到处跑，蹭得地板咚咚响。每当这个时候，妻子便特别开心，一副很有成就感的样子，说道："嗅嗅乖，嗅嗅真乖！来，妈妈给你擦嘴嘴。"肚子吃得圆圆的它就会慢慢走来，伸着嘴巴给她擦。

重庆生产的一种五香牛肉粒，是它最喜欢的零食。可能是湖南狗的缘故，有点辣味它也不怕。这种零食后来一直成了奖励它的好手段。有时人多，我们与它玩捉迷藏游戏，让它找爸爸、妈妈、哥哥、姐姐，找对了给它一粒。它便特别卖力，门后面、床底下、卫生间、厨房里，四处找，不找到就不罢休。生人来了给它一粒它便不再叫唤。每天我们出门和睡觉前也给它一粒，它便知道该要拜拜或者睡觉了。有时忘了给，它会哼哼唧唧摇头摆尾来乞讨，给它一粒它便飞快地叼到自己的窝里去享用。起初它还不会剥包装纸，囫囵吞枣全放在嘴里咬，后来学会了脚嘴并用，剥得十分麻利。就这样，这种零食伴其一生。直到它离去还剩一大包，我们把它与它的骨灰埋在了一起。

城里养狗，如何解决拉屎撒尿问题，是一道难题。刚到家里时它还没学会定时定点，到处乱拉，有时还恶作剧，等你不在家，就把尿撒在床上，害得我们不得不在床上盖上防水的帘布。后来在我们的打骂加表扬奖励的诱导下，它开始学会在卫生间大小便。再后来又习惯了定时，每天一次，而且一定是在户外。每天出门，它的第一件事就是拉屎撒尿。

带它散步是每天的必修课。开始几年每次要走五六公里，后来减少到两三公里，除了风雨天，几乎没有间断过。就在它去世的前一天晚上，我还在行李车上绑上纸板，拉着它在金融街中心公园走了一圈。这时可以看出来它已经病得不轻。坐在车上一动不动，抱下来放在草地上，坐一会儿便躺下去。

有人说，蝴蝶犬性格孤僻。这一点好像在嗅嗅身上得到了验证。散步时会碰到很多狗，除了常见的两只与它体量差不多的小白狗外，它几乎不主动和任何狗靠近，有时还故意绕开。它从来不对其他狗叫唤，但一旦对方不友好，它便会以牙还牙，对着对方大叫，甚至不顾一切地扑过去。

除了对同类有选择，它对生人也很敏感。有的人它会主动避开，有的人会主动靠近。比如，对所有情侣它都不害怕，有时还会跑过去，对着人家瞧，围着裤脚闻。对行为举动异常的人，它会站在远处观望，或者叫上几声。我一直不明白，它是凭什么来做这些选择判断的。

三、嗅嗅的情感

养嗅嗅十多年，其间最让人难办的事是每年春节寄养问题。由于习惯和双方父母都年事已高，我和爱人每年春节都会回老家。无论是火车还是飞机，春运时节带着一只狗跑总是不方便的，只好寄养。除了找寄养人家有难处，每次分别和重逢都让人难受，更给它带来痛苦。每次分别时，都是把它抱上车后即快快关上车门，看着它趴在窗户上，眼巴巴地盯着我们，直到车远远离去。到了新主人家，前两三天基本不吃东西，等到缓过劲儿来，又要接回来。回来后又是几天不爱吃饭，不知是生气还是想念代养它的主人，盘在窝里一动不动，我们经过它面前时偶尔睁开眼睛，看一下又睡下了。这样的折腾每次弄得它就像生了一次大病，毛色难看，精神萎靡。

每天接送我们是它生活的一部分。我们出门上班，它就站在门口，一动不动看着我们把门关上。下班回家推开门，它一定是站在门口摇头摆尾等着你。然后不是恶作剧地把鞋子叼走，就是在地上打滚。它的这些举动，会让你觉得一天的疲劳立马消失了，轻松了。待我们把手里的东西放好，它又有了新的节目。或是跳到身上来舔你的手，或是扑通一声倒在地上让你给它搔痒按摩，或是蹲在一边看你做事，或是摇头摆尾叫你抱它到窗台上看外面的风景。从我们下班直到睡觉，这段时间是它一天中最快乐的时光，也是我们最放松的时候。如果有一天进门不见它，我们一定会四处寻找。

不管家里多少人，它会将亲疏远近分得很清楚。孩子在家时，它跟孩子最近，孩子离开家后它跟妻子最近。有一次我跟孩子打电话说到小狗，小孩说了一件事。她上高中时，有一次挨了妈妈的批评，很委屈，一个人躲在房间里哭。嗅嗅就一直陪在她身边，还不时用舌头去舔她脸上的泪水，直到她恢复平静。

家庭观念团队意识，在它那里是很强的。我们一家几个人一起散步时，它会首尾兼顾前后照应，发现有人掉队了，就会停下来等待。

它也有生气动怒的时候。特别是在它啃骨头时，你如果靠近，它会发出呜呜的警告，甚至做出咬人的样子。有几次不小心，我的手被它尖利的獠牙碰出了血，不得不去医院打预防针。由此我一直认为，它生气的时候是会咬人的。但后来的事实证明，我这个判断是错误的。在它病重的时候，我们带它去北京农业大学动物医院做B超，需要把肚皮下的毛剃干净。它小时做过绝育手术，对剪毛特别敏感，尤其是肚皮下的毛，轻易是不让人碰的。这下没办法，尽管很困难还是不得不剪，否则B超根本就没法做。我让它躺在腿上，双手抓住它的脚。没想到，护士的推剪刚碰到毛，它奋力地扭头，一口就含住了我右手食指。我吓了一跳，赶快抬起手仔细察看，发现连皮都没伤着。这让我十分庆幸，也不得不对嗅嗅另眼相看。原来我们以前看到的它那种凶相是做样子吓唬人的，该不该咬人，它心里是有数的，是能够把控好的。

四、嗅嗅的灵性

我不敢说嗅嗅是最聪明的狗狗，但它的许多举动着实让我吃惊。我们家住在五楼，小孩上学的自行车常停在一楼窗户下。每当放学时分，它就会蹲到客厅窗户边听动静，听到小孩的自行车声音后就跑到门口去迎接。它的这一举动很少出错。楼下经常人来车往，又隔那么远，不知道它是如何从那些声中捕捉到它所需要的信号的。

它有很强的空间定位能力，大凡去过的地方都会记得清晰准确。金融街中央公园北边有一排餐饮店，我们带它散步时常经过这里，天热时偶尔会去肯德基买冰激凌。它很喜欢冰激凌的蛋筒。一两次后它便记住了这地方。哪怕一年半载后经过这里，它都会主动拉着我们往店里走。这些店铺门脸大小相差无几，装潢颜色也大同小异，加之人来人往熙熙攘攘，连能辨识招牌的我们都容易弄错。一只不识字的狗，视野又那么小，它是凭什么如此持久准确地记住位置的呢？我始终没找到答案。

在家里它经常随地而躺。可能是门口通风较好，有时就正好横躺在门口，如同门槛，将门里门外堵得严严实实。由于我们总是让开它，它便理所当然毫无避让之意。但只要外婆在，它就会有所收敛。外婆眼神不好，曾经踩到过它的尾巴，它便记住了。不管躺在哪里，只要外婆走过来，它就会立马起身让开。

它把看守家里的东西当作自己的本分。有一次卫生间换热水器，工人师傅作业时它就蹲在门口看着。当师傅去搬旧热水器时，它纵身扑过去，吓得师傅一屁股坐地上。

有时我们在卧室休息或是在忙别的事，电话或是门铃响了没听到，它会来叫我们。开始我以为是偶然碰上了，观察后发现它是有意识的。如果铃声不长或是我们在眼前，它是不会叫的。只有它觉得异常了，才会叫唤。除此之外，其动作也很能说明问题。它会对着门铃或电话叫，然后转过头来望着我们。

它有个布娃娃和棉球玩具。经常会叼来放在我们跟前，让我们把这些玩具踢出去给它扑抢。每次踢的时候，它会认真观察。如果你改变方向或是换脚，它也一定会改变位置。就像足球守门员判断来球方向一样。

教科书上说，狗对事物的判断，主要是条件反射。我总以为不完全如此。其实它和人一样，除了条件反射，还有其他学习能力，甚至能举一反三。

五、嗅嗅的离去

嗅嗅死了。它躺在电视机前的地板上，四肢前后伸开，嘴巴微张，眼睛睁着，就像平时躺在地上一样。

早上不到五点，我隐约听到妻子在客厅抽泣，赶紧起来，问怎么回事。她蹲在地上哭着说，嗅嗅没了。我俯下身抱着它的上半身摇晃，喊它的名字，没有任何反应。体温还在，但心跳已经停止，没有了呼吸。我们抚摸着它的身体，呼喊着，悲恸着。这完全出乎我们的意料。昨天还在农大动物医院输了五百毫升的血，怎么就没了呢?!

昨天早上七点，妻子带它去农大动物医院就诊，一直忙到晚上快十点才回到家里。大夫说，它因尿血失血太多，血色素只有14%，必须输血。只有让它恢复体能才能做膀胱照影，然后确定是否动手术。妻子反复问输血有什么风险，医生说，只要做好配型，而且开始输血后半小时没有不良反应，就没问题。妻子从别人送来专门用于供血的两只大狗中选了一只精神最好的抽了血，配型成功。输血过程也很正常。在输到一半时，它明显有了精神，还吃了四粒牛肉粒。要知道，自病重以来它对这份最爱的零食已不感兴趣。当天晚上七点半，我请同事开车一起去接他们，嗅嗅还像住院的病人见了亲人一样高兴，站起来对着我们摇尾巴。后来随着输血量增加它有点反应，偶尔咳嗽，有些不安，回来路上有些喘气。我还以为是天热的缘故。回到家里，妻子给它喂了治心脏病的药，还吃了点东西。我们一直忙到快一点才上床。但妻子发现它有些不安，四处走动，怕有意外，压根就没睡着。大概三点钟，它来到我们房间，站在床边。妻子喊它，安抚它睡觉。我听到动静抬起头来，它正看着我。按一般常识，狗在不舒服的时候会避开人。我想，它主动到我们身边来，说明应该没什么问题。这一判断让我们完全没想到，它这是来向我们告别的。在接近生命终点的最后一刻，它还在留恋着我们。大概一小时后它就倒下了。

回天无力，只好料理后事。我解开预埋在它脚上的输液针管，用毛巾给它擦洗身体，然后用它的小毛毯包裹好。妻子还特别将前一天从动物医院超市买来，还没来得及给它穿的蓝色小鞋给它穿上。八点钟，妻子的同事老潘、我的同事小杨，一起送它到北京南郊的一个宠物陵园火化，葬在一棵胸径约十公分的银杏树下。就这样，陪伴了我们十二年的乖狗狗嗅嗅永远离开了我们。这是2014 年6 月5 日。

昨天还跟我们在一起的爱犬，今天便变成了一把骨灰埋在了四五公里外的郊外。回来的路上，我们很少言语。为了调节气氛，老潘一边开车一边说话。他也养过十二年狗。狗去世后就埋在他家后院的樱桃树下。他说，从狗离去的情况看，咳嗽、喘气、舌头发紫，原因应该是心脏衰竭。我们也这样判断。它心脏本有问题，过多输血可能更加重了心脏负担，可见有心脏病的狗是不能过多输血的。这样的案例兽医们应该谨记。

此后很长一段时间，我们怎么也高兴不起来。有一天在办公室，同事见我气色不好，问是不是有什么事。我说起这事，眼泪不由自主流了下来。走在上下班路上，有时忽然会心里难受，喉咙发紧。在家里有好几次，我控制不住，扶着门框，眼睛发热，哭出声来。妻子比我更难过。从那以后再也不许提嗅嗅的事。把家里一切关于它的东西都清理掉，照片通通收起。客观地说，嗅嗅离去是一种解脱。按人的年龄折算，它已经是七八十岁的老人了。近三个月来一直尿血，吃药打针都无济于事。北京最好的医院最有名的医生也找不出原因，而且情况越来越糟。如果再拖下去可能还会动手术，但不一定有效果。它以这种方式安详地离去，无疑是最好的。

一只小狗，一只再普通不过的小狗，它不拥有财富，也没有任何权力，没有特别能耐帮人，也不知投其所好，甚至会给人带来不少麻烦，它凭什么让人恋恋不舍念念不忘？因为它心里只有你，它认定的朋友只有你，它依靠的人也只有你；因为它一生对你不离不弃，你批评它、冷落它，甚至打骂它，它不会计较只会接受；因为它从不掩饰自己，高兴就是高兴，生气就是生气，它的喜怒好恶会让你一览无遗；因为它用自己的生命周期告诉你一个无情却万世不变的常识：生命脆弱，世事无常。

2015 年 6 月

关于互联网金融的几个问题[1]

互联网何以改变社会

这一问题涉及后面的判断，先做个简要讨论。

互联网（包括支持互联网的相关技术）为什么能改变社会？道理并不复杂。信息收集、发布和处理是社会的神经系统。互联网解决了便捷、高效、低成本地共享信息的难题，从根本上改造了社会神经系统。它必定会以难以想象的方式和趋势改变社会。试想，一个人如果有了千里眼、顺风耳，其能力和行为方式是不是一定会大大不同于普通人？

互联网在怎样改变社会？从不同侧面可以做不同概括。下面这几点可能存在交叉，但不相互重复。

提高效率。如果你需要给异地的朋友提供一张照片，过去

---

① 本文与王宇成合著。

的做法是去照相馆拍摄、冲洗、取照、邮寄，至少要三五天，如今是顺手用手机拍下微信发过去，最多三五分钟。你要出行买机票车票，过去是到车站或是代理点排队，现在是打开手机中的携程旅行或去哪儿旅行等 App，随时查看票源信息，网上订票。一号店网上促销经常创造极速。今年 3 月 11 日，它只用了四十八分钟就销售了一百个集装箱二百万盒牛奶。

替代传统。中国人最早使用甲骨、竹帛作为书写材料。纸张的出现提供了低廉又方便的媒介，人们就不再使用甲骨和竹帛。同样的道理，互联网是便捷、便宜、能随时随地满足人们各类需求的新媒介，所以我们经常会见到传统媒介式微的消息。2014 年，全国报纸出版营业收入同比下降 10%，利润总额同比下降 13%，而互联网期刊与电子书的营业收入增速为 18%。今年 7 月中旬，香港两家有五十多年历史的杂志同时关闭。被替代的还有很多：电子商务交易替代百货商店，电子邮件替代纸质信件，微信等即时通信软件替代电话、短信，等等。

改变规则。社会规则是各种力量博弈的结果，规则改变是力量改变的结果。一直以来出租车存在典型的行业垄断。如只有出租车公司才能从事运营，司机只有缴纳高额的份子钱才能从业。这种管理造成了打车难、司机苦的现象，但长期无法改变。近年互联网叫车的出现正在改变这一状况。打车由路边等、司机选择路线、打表计程、现金付款变成了准时来接、GPS 定位、地图导航、网络计程、手机支付。这给出行带来了极大方便，以致人们喊出了“打车的幸福来得太快了”。虽然对互联网叫车还有很大争议，但有理由相信，现有的出租车制度即使不被完全冲垮，也会发生深刻变化，至少会出现巡游出租和网络预约并存的局面。

影响行为。互联网能迅速大范围地传播信息，让人更多了解过去，知晓不能到达的地方发生的情况，大大拓展了人们的时空观念。当你习惯使用手机、Pad 等移动终端时，当你吃饭使用大众点评、美团时，当你用淘宝和京东购物时，你的生活甚至思维方式都在改变。今年春节联欢晚会大家都在摇手机、抢红包，短短几小时互动总量达一百一十亿次。一个简单的网络应用盖过了全国人争相围观的春晚的风头。

总之，互联网通过信息流连接万物，让物质和资金在不同主体间快速传递，让人与人之间最大限度地沟通和共享，降低了交易成本，便利了人们的生活，推动了生产发展，改变了社会结构。随着互联网技术不断发展，社会将产生深远的变化。

互联网金融意味什么

什么是互联网金融？简单地说，互联网金融就是互联网与金融的结合，是利用互联网技术实现资金融通、支付、投资和信息中介服务的新型金融模式。现实中，互联网金融主要有三种类型。一是互联网企业从事的金融业务。如支付宝等第三方支付公司、P2P、众筹等。二是金融机构利用互联网销售金融服务与产品。如电子银行、手机银行、Pad 银行、银行开发的电子交易平台等。三是金融机构将互联网技术和精神引入产品设计、服务销售、内部管理中，进而不断改造既有生产服务流程与方式乃至运营模式。对传统金融业来说，第一类互联网金融是挑战，第二类是过渡，第三类是方向，也是机会所在。

目前，第一类互联网金融已挑战传统金融的核心。

改变交易模式。支付宝、微信支付等第三方机构为客户提供交易、支付、转账服务，一定程度上取代了银行卡、POS 机、网络银行和手机银行等支付介质与手段，替代领域逐渐从线上延伸至线下。2014 年，第三方互联网支付交易规模超八万亿元，增速 50%。现实生活中，你到一家餐厅吃饭，会先查查大众点评，看看有什么优惠券，直接用微信购买；微信支付很便捷，在座位上用手机打开应用程序输入密码确认就可以，不用再到前台排队等待刷卡。医生开出药单后，直接生成二维码，只要扫一扫，就可用支付宝来交钱取药。对客户来说这实在是太方便了，但对银行呢？银行正在失去客户交易入口，失去客户的真实交易信息，失去结算存款。我们不知道如果银行始终不能为客户创设更便捷实惠的交易支付场景，互联网是不是在大额支付领域也能做到如鱼得水？如果是，那银行将沦为现金配送和账户信息通道。

分流资金。这两年，余额宝、理财通等互联网理财产品，就是通过互联网平台进行销售的，不仅收益率高，投资门槛低，无任何手续费，还提供 7×24 小时便捷服务，吸引力远超过银行存款和理财产品。截至2014年末，以“余额宝”为代表的货币市场基金余额达2.2万亿元。有人说互联网金融公司没有牌照，做不了存款。真是这样吗？不是。我们细想想，手机抢红包，钱哪里来的？又到哪里去了？从银行来，到微信钱包里去。就这样摇一摇，让银行的低成本个人存款变成了高成本的公司存款，也让第三方支付实实在在像银行一样有了自己的“存款”。

争夺贷款。银行收入大部分来自贷款利息，互联网金融正在抢食这块蛋糕。受制于自有资本金、信贷风险控制能力、专业人员缺乏等因素，目前互联网金融发放贷款还主要集中于中小企业及个人客户或交易环节的小额贷款，短期内无法取代银行的贷款业务。但互联网企业正以迅猛的态势进入贷款市场。阿里小贷通过对客户积累的信用及行为数据分析，评价客户信用、系统自动审批发放贷款并进行贷后监控，可以三分钟申请、一秒钟到账。截至2015年6月，阿里小贷累计发放贷款超过四千亿元，服务的小微企业达一百六十万家。互联网金融贷款正在不断丰富产品内容。最近兴起的分期乐等平台，做的就是购物分期，与银行的信用卡分期是一回事。京东白条做的就是消费信贷。还有房屋交易中介按揭贷款、P2P、众筹等都在发展。

银行该如何站位

面对互联网应用浪潮，人们难免产生焦虑与无助感。一些应用技术在某些领域或方面会以极快的速度发展，微信社交、小额支付都是这样，让人感觉稍慢一点就有出局的危险。但就社会、行业的系统性应用来看，往往会受到许许多多因素制约，光靠技术很难单兵突进。这又让人觉得变化的方向、动力不知在哪儿。事实上这不单是银行的感觉，也是所有行业面临的困局，就是风头正劲的互联网企业也不例外。微信已经问世五年，拥有五亿多用户，但至今没有明确产业模式是什么。打车应用软件，乘客很受益，但出租车行业抵制厉害。第三方支付发展很快，而整个银行业怎么变，却难有答案。技术进步进而带动社会变革，是各种力量博弈进化的结果。就某个行业或企业来说，要适应和利用技术进步，必须选择好出发点和路径，以求进可攻退可守，因势而变。选择又与自身优势相关。面对互联网，银行有什么优势？

网络资源。银行天然是网络。除覆盖面巨大的结算网络、业务处理网络、现金管理网络等系统网络外，数以万计的员工以及数以亿计的客户、网点、ATM、POS 都是网络节点，都是可开发的网络资源。很多互联网企业在烧钱做业务。有的电商巨头 2014 年出现五十亿元巨亏，为保证“当天下单当天到货”，每单送货平均成本达二十七元。滴滴为推广快车直接拿出十亿元进行补贴。为什么？都是要做大自己的网络。银行网络背后还有庞大的数据资源：覆盖企业全生命周期的财务数据，结算交易背后的企业资金流向，个人住房贷款背后的客户资产和月供还款，信用卡刷卡数据……在大数据时代这都是宝藏。

经营对象特殊。银行经营的对象是货币、是账户、是虚拟产品，易与互联网技术融合，电子化、网络化成本较低。而实体生产经营和服务行业，经营对象是看得见摸得着的实物，难以虚拟化，如汽车制造、服装生产、百货和餐饮，互联网化的成本很高。

上述特点决定了：银行必须利用互联网；你自己做有优势，你不做别人会替代你。

信誉与安全。信誉是社会的黏合剂，是降低交易成本的无影工具。在多数人心目中，银行仍然是最可靠的。即使微信和支付宝很便利，很多人对绑定银行卡还是有顾虑，面对大额的收入支出更是首选银行。近期发布的《非银行支付机构网络支付业务管理办法（征求意见稿）》中设置了交易限额。为什么？就是要防范互联网支付的风险，确保资金安全。再比如投资，你可以投资 P2P 产品，但可能天天担心老板跑路。2014 年有二百七十多家 P2P 平台出问题。银行存款利息低，为什么还有很多人存钱，就是为了保本、放心。像中石油、中石化这类大型企业，数以亿计的存款、贷款和结算服务，目前只有银行能够为其提供。信誉建立犹如针挑土，信誉破坏犹如浪淘沙。银行信誉是长期建立起来的，不是某个企业一朝一夕可以拥有的。

线下服务。互联网金融一般擅长提供理财等标准化的线上产品，但线上服务始终无法完全取代线下服务。除了面对面的洽谈，需要实地办理的业务外，像债券承销、养老金、造价咨询、综合融资等非标准化的融智类业务，单笔金额大，综合化程度高，业务处理需要相当的专业知识，需要针对客户“量体裁衣”，也都主要靠线下来做。

基于这些优势，银行应对互联网竞争，利用互联网技术，应坚持以下几点。

以我为主做“银行+互联网”。对任何专门行业来说，互联网只是工具。银行提供给客户的一定不只是一个链接、一个网络，而是实实在在的资金、信用和问题解决方案。银行只有利用互联网技术，深耕自己的专业，而不是离开主业去开发什么新模式，才不会本末倒置。目前银行主要可以利用互联网技术扩展营销渠道、创新产品、优化业务流程、提高运营效率。比如：将风险可控的贷款业务搬到线上去。客户在线上申请，线上支用。后台系统根据客户资产、信用情况等自动授信放款；像百度一样，建立整理和搜索内部规章、知识的系统；围绕自己的客户链建立电商平台，配套上银行产品。“以我为主”另一层意思是要看大势，不能有新技术就跟。银行的特质是稳健。有生命力的技术应用必须形成生态，相互协同，而不是越先进越好。互联网时代创新很快，有很多新东西难成气候或是难以移植。基于网点的智慧银行怎么样？很新颖，但实际效果有待观察。因为移动终端发展很快，而这类智慧银行会受物理地点的限制。

以开放的态度谋求合作性竞争。互联网对银行的冲击不是单纯的技术问题，还会带来企业文化的巨变。互联网的精神是开放。互联网时代，合作与竞争必定是重叠的，只有开放、合作才能共赢。好比电话机，孤立的一部电话是没用的，只有入网的电话越多，效率才会越高。同样，银行的网络开放给各类企业，银行与各种结算场景连起来，让各银行之间的系统连起来，对客户来说等于多了很多网点，提供了更多便利，对社会来说降低了交易成本。银行系统曾就ATM互连进行过讨论，有人担心大银行为小银行打工。实际情况怎样？某大银行2014年本行的ATM代他行卡交易和他行ATM为本行卡交易均接近九亿笔，收单收入大幅增加，既方便了客户，也增加了收入。“银医通”是典型的三方共赢业务：客户可通过银行卡挂号，极大节省了排队时间；医院排队的人少了，就诊环境好了；银行提升了客户黏性，获取更多客户资源，带动支付、结算、存款等业务发展。银行的开放应是全方位的，包括各类对手和业务。银行还可与互联网公司合作，为他们提供开户、资金存管、支付清算及信贷等配套服务；与他们合作开发数据应用；尝试相互嵌入产品，好比很多人都在玩手游，要花钱买虚拟装备，银行可将支付系统和手游产品连接起来，既可帮助游戏软件提升客户体验，也可获取结算业务。

以客户体验至上为宗旨设计产品提供服务。银行总在说以客户为中心，但流程、产品设计、销售并没有真正做到。为什么银行没有真的以客户为中心、没有重视客户体验，还能留住客户？一个重要原因是客户在不同银行间转换的成本较高，对某家银行的服务不满意，但开户、代发工资、存款都在这里，要换一家银行办业务不仅要到网点新开户、转账等，还要缴纳不少费用。随着互联网技术的发展，互联网企业有能力帮助客户降低转换成本。我们已经看到，随着银行业务线上化、电子化以及第三方支付的发展，客户的银行转换成本正在降低，他们只需拖动鼠标点 CCB 或是 ICBC 的图标就能到不同银行办业务。这样，客户给银行的“第二次机会”也就越来越少。

以明晰权力边界来处理好集中与分散的关系。互联网时代，每一个个体、群体、机构都可以是信息节点，都可以接收和发送信息，整个社会趋于分布式结构。这样的结构使得社会、个人应对外部变化更为灵活、更为多变。银行要适应这种变化，人力资源必须多元化，组织机构必须扁平化，权力结构必须灵活化。这样才能让部门、条线、上下级行、渠道、产品、母子公司、境内外、线上线下、银行和客户等联动起来，让离散的市场信息能及时汇总，让统领全局的决策能及时下达，让面对市场的各类主体具有足够的灵活性，真正做到“唯快不破”。多年来我们的大型银行，经常出现“一放就乱，一收就死”的尴尬，管理效率不高，市场反应不快。问题出在哪儿？就是没有持续不断地去梳理哪些该统一规范，哪些该由分支机构差异化操作。出了状况胡子眉毛一把抓，不是强调集中，就是要求分权。在任何组织结构中，权力的集中与分散永远是相对的，不存在绝对的好与坏。理想状态是该收的收，该放的放。什么该收，什么该放？没有统一答案，只能靠摸索积累。上层是指挥机构，要把握大方向，做好战略规划、市场研判、安全规范、流程管理、产品研发等事关全局性的决策和管理；基层面向市场、面向客户，营销产品、提供服务，必须有相机决策行动的能力。好比公司类客户定价授权，客户价格需求和敏感度差别很大，时效性要求很高，市场机会稍纵即逝，总行不可能逐一审批。总行制定价格策略、模型和参数，明晰授权规则及考核方式，将具体价格选择权给基层行，通过风险和财务约束引导、技术手段支持基层行定价。基层行则结合当地市场情况、客户贡献度等综合算账，自主定价。

当下银行该做什么

不断结网扩网。银行不是拥有庞大的网络资源吗？要做的就是不断把自己的网织牢拓宽。如将结算网与特定的交易场景和社交场景结合起来。其实银行已经在这样做了。比如 ETC 业务实际上是将通行费结算接口搬到了高速路收费站。又如金融社保卡的应用推广，除社保中心，还与医院、药店相连，甚至拓展到市民日常缴费等。再比如有的银行将 POS 与餐饮企业点餐系统对接，提供点餐、出票、结算一体化服务。类似的业务做多了，结算网就扩大了许多，像学校、企事业单位财务系统、大型超市、政府招投标系统等，只要有资金流转需求，银行都可以连接。设想一下，一个银行如果有一张“汇通天下”的大网，涵盖了几乎所有的行业应用和用户场景，连接了无数超市、影院、餐厅、医院、学校等，客户只需要一部手机就能够随时随地完成所有交易支付，那它将是多么强大。低成本的结算资金和有价值的客户信息都来了。

以移动终端为渠道建设主体。法国兴业银行经营十年在线银行业务才达成每月两千万网络客户的目标，但通过移动互联网，仅十八个月就实现了同等客户规模。这一趋势在国内毫不逊色，刷手机支付的人群日益壮大，未来客户将更多通过移动智能终端，包括手机、手表、Pad，甚至眼镜等穿戴设备，随时随地办理银行业务，与银行沟通。银行只有将业务搬到移动终端中，沿着移动化方向创新和研发产品，成为客户身边的“金融管家”“购车助理”“买房顾问”“旅行之友”之类的角色，才能得到客户青睐。在这种趋势下，银行网点、ATM、POS，甚至包括网银都会退居次要地位；银行卡将成为手机里的一个App或者应用程序；网点将主要成为现金交易、产品展示、客户咨询的场所；ATM及自助设备的作用将变得单一，只解决现金存取。这会带来一系列资源配置方式的变化。如ATM更新换代不宜追求功能创新与复杂化；后台产品、渠道、权限及数据必须整合，做到“前台活，后台合”。

利用线下发展线上，实现线上线下互补。线上线下各有优势和特点。二者只有结合协同，才能优势互补。将理财、基金、保险等金融产品搬到网络平台上；把ETC电子标签送到客户手里，装到车上，开通激活；通过网银盾技术，解决身份认证和签名法律效力问题，帮助客户在网上办理商事登记；通过营销演示、开通接口、辅导等将企业公积金、养老金、社保金、学杂费、交通罚款缴纳等搬到网络银行上；内部管理线上化，如将风险授信所需的纸质材料通过电子渠道完成，进行后台审批，等等，都需要线下支持，都有赖于网点和客户经理。一些互联网企业正在寻找这样的线下资源。一号店与中石化合作，利用其2.3万个门店试点包裹自提业务；接着沃尔玛又全资收购一号店。以网络购物和配送日常生活用品为主要业务的过日子网，为便捷商品配送，降低配送成本，已经开始布局实体社区便利店，让客户线上购买，线下领取，并与当地社区银行合作，共用营业网点。阿里巴巴与苏宁达成战略协议，整合双方资源，打通线上线下渠道，届时阿里巴巴线上体系与苏宁一千六百多家门店、三千多个售后服务网点或将无缝对接。京东投资永辉超市，微信与家乐福达成战略协议，都是为了布局O2O，实现线上线下资源互补。相对他们，银行众多网点，如能与线上协同，将是一笔巨大的资源。

不分大小抓客户。过去拓展客户，讲究“二八”原则，注重抓大客户。主要因为抓小客户的成本太高。随着互联网技术发展，客户与银行做常规交易，用手机银行、网络银行、Pad银行及微信银行，用的空间和时间，花的流量和电费都是客户的。银行的客户服务和维护的边际成本大大降低。所谓长尾效应就是这样产生的。客户基础越庞大，价值挖掘机会也越多。银行必须“勿以善小而不为”，不仅仅要通过传统方式抓集团客户、私人银行客户，更要通过批量化、技术化方式抓小微企业客户、个体工商客户以及中低收入的个人客户。只有这样才能形成良好的客户生态圈，形成资金内部循环。尤其是“互联网+”的背景下，越来越多的政府机构、行业和个人都会加入变革中来。如美团、唯品会、大众点评、惠租车、回家吃饭、惠民网等与百姓衣食住行密切相关的互联网企业雨后春笋般兴起。这些公司看起来不大，但发展很快，合作商机很多。出于发展需要，它们急需在交易清算上与银行直连，开通快捷支付。有的银行与美团网直连，日均交易达二十二万笔，占美团网总交易笔数的56%。有的银行与去哪儿网合作，将其机票、火车票、景点门票与旅游度假业务植入手机银行客户端，服务开展仅三个月，交易笔数已突破十八万笔，交易金额达到三千四百九十四万元，也成功提升了手机银行的客户使用率。

以便捷实用和有趣为主旨设计开发产品。未来银行产品对客户来说一定是便捷、实用、有趣的，产品的开发要从客户需求和体验入手。好比手机银行，小额支付能否不输入验证码、序列号，通过扫一扫就付钱。又如农贸市场，集中收银系统与银行系统相连，客户进入农贸市场，在任意摊位买菜，电子秤将购买数量和金额直接传送集中收银系统，客户出来后统一用银行卡或手机银行支付，减少使用现金的麻烦。现在的停车场，大多数都是现金支付，能否建个系统，像ETC一样快捷高效支付。自助设备终端、柜员操作界面能否做得更有趣味，等等。

抓住机会发展融智类业务。银行信誉和综合化服务能力，是网络无法取代的。养老金管理、资产托管、跨境人民币、债券承销、财务顾问等非标准化、融智类业务银行都有优势。举个投资托管的例子。2014 年末，我国 P2P 网贷平台的累计成交资金已经超过两千五百亿元，平台企业超过一千五百家，但存在信息不对称、难以监管资金具体投向等问题。银行就可以考虑提供 P2P 资金存管服务。

以客户满意度和贡献度为核心改进考核体系。现在的医疗系统，为什么总是看病贵，总有医患纠纷？根本问题不在医生，而在考核。有人分析说："我们怎么评价一个医院院长干得好坏？他来了，医院收入高了，他干得就好！"医院要的是利润，考核的是收入，医生能为病人着想？现在的银行也有这个毛病。当你考核存款时，客户经理见了客户就要存款，考核中收，客户经理见了客户就推荐收费服务。让客户的感觉不好，黏性很难提高。如果银行能以网络化的方式批量抓客户、存款、中收，利润越来越稳定，考核重心就可以改为客户的满意度和贡献度，让银行真正以客户为中心，让客户成为银行的粉丝。包括组织管理架构、计划管理、资源配置，都将以客户为中心来改造。

提高数据分析能力。大数据分析是银行推动产品创新、重塑业务流程、支持科学决策、更好地选择客户、规避经营风险的关键，是未来银行竞争的重要战场。目前，受数据质量、分析手段等影响，大数据分析的深度和广度有限，但是银行必须重视这个事情。好比征信，目前主要依据人行征信系统，开放性较差。互联网公司通过大数据分析，从用户信用历史、行为偏好、履约能力、身份特质、人脉关系等维度对用户进行信用评估。银行也可以利用类似的分析技术或者和相关互联网公司合作，使用征信结果。

重视网络媒体的广告效应。2014 年我国电视平均收视率降至 64%，也就是说近 40% 的人不再收看电视，十五至三十四岁的人群中约 50% 不看电视；而移动电话使用户数近十三亿，手机网民数量近六亿。既然大家看电视少了，又为何花大价钱在电视上投放广告？用手机投放广告可能既便宜又有针对性。想象一下，不久的未来，当你需要换房子，在手机银行上可以查看到很多二手房信息，同时又会直接向您推送需要的贷款产品广告，并按照您的信用、资产总额和承受能力，计算出贷款利率和月供金额。这样的广告一定更有效率。在互联网时代，“酒香不怕巷子深”，口碑会通过社交网络迅速传播，成为最好的广告。为用户提供良好的服务体验，或许比任何广告投入的效果都要来得好。银行可以将投放广告的钱用于重视社交媒体，将企业网站连接到社交媒体上，来与公众沟通互动，与他们融合，获得他们的关注。利用社交媒体企业账号做投资者关系管理，持续关注公众需求，定期提供信息，体现社会责任，招聘员工，接待和反馈客户。

加强内部协同联动。在互联网的推动下，交易边际成本趋向于零，社会协同共享的模式越来越现实。海尔将企业集团小企业化、微型化，就是在利用这一趋势。银行受其内部体系严密性的约束，很难走海尔的道路，但必须加强内部协同。企业之所以存在就是因为内部协同比社会交易的成本低。面对协同共享的社会发展环境，如果企业这一功能发挥不好，它将变得毫无优势和竞争力可言。怎么加强协同联动？除了调整组织结构、改变权力结构、改进考核制度，等等，大力倡导协同文化的建设十分重要。人的最大动力来自成就感、责任心，脑力劳动者的贡献更依赖于自觉，积极向上协同作战的企业文化将使银行产生巨大的竞争力。

2015 年 9 月

大洋上的星空

10 月 15 日结束休假，我由夏威夷飞回北京。当地时间晚上十二点起飞，北京时间早上六点到达，全程都是晚上。虽然坐的是升级舱，但座椅靠背只能稍微往后调，没法睡觉，闭目养神休息几小时就开始辗转反侧。忽然透过舷窗看到点点星光，这让我意识到，在太平洋上空看星星或许是个难得的机会。

飞机上人不多，有不少空座位。我由靠过道换到左边靠窗的位子。头靠窗户，西南半边天空尽收眼底。我看到了大不一样的星空，看到了让人浮想联翩的灿烂星辰。

记得小时候在乡村的夜晚经常仰望，那星星又多又亮。我们在作文里称为满天繁星。事实上，那时看到的星星绝大部分在头顶上，四周稀少，天际线处基本就没有。牛郎与织女间隔着的那条银河永远在天空的正中间。眼下的夜空才是名副其实的满天繁星呢，目光所到之处没有看不到星光的地方。我猜想这可能与大气有关。在一万二千米的高空，大气已经稀薄，平视与仰望的能见度是差不多的。在地面则不同，目光平视要穿过成千上万公里的大气，天边的星光自然无法看见。就像在北京，有时抬头能看到蓝天，但往四周看全是雾蒙蒙的。

大洋上的星星，除了分布均匀，还特别清澈明亮。有的就像远处驶来的汽车灯光，带着耀眼的光芒。什么叫灿若星辰？这大概就是。这让我想起漆黑的夜晚在乡村赶路，一旦看见远处的灯火，便立马觉得自己并不孤单，胆量也随之大增。天文学家、天文爱好者为什么那么向往天空，为什么寄望于飞向别的星球？他们一定像我现在一样，目睹过这些似乎伸手可及的星体，而且认定那里有他们的希望。

有好几次看到流星划过天空，有上下垂直的也有水平方向的。这种天象在农村的夏夜是常见的，但进了城就再也没有看到过。其实流星可能不是偶尔才有，它们或许就是天体生老病死的必然过程。广袤的宇宙不断有星球出轨陨落，也有新的天体在孕育诞生。

飞机一直在匀速穿越夜空。不知不觉，已经飞临日本岛。我已飞越了六七千公里，但所见的星星都没有改变位置。南边正对着舷窗的那颗最大的星星、舷窗上方的猎户座、与机翼和舷窗构成三点一线的那颗明星，都与起初看到它们时的位置一样，一点变化也没有。星星还是那颗星星，天空还是那个天空。这让我意识到宇宙之浩瀚，天体之庞大。那些星体的直径也许比地球大得多。虽然已经飞越了万水千山，但我们的投影却还在它们上面。在没有指南针、导航仪的年代，这幅不变的星图，一定是航海家和水手的好帮手，按星索骥一定能找到要去的地方。

飞机飞临日本岛和朝鲜半岛上空时已经是凌晨。鸟瞰下面就像一幅水墨画。灯光勾勒出山川河流的轮廓，大城市发出乳白色、橙黄色的光团。水中有山，山上有雾，模模糊糊，朦朦胧胧。日本海、黄海上有星罗棋布的航标灯。它们以假乱真，似乎一定要与上空的星星媲美，来个上下呼应，组成一幅天地间的全景星空图。

人们说，初升的红日，潺潺的溪流，静谧的月色，拂面的海风……总能唤醒一片天空。这一晚，浩瀚的星空给了我一个崭新的空间。

2016 年 10 月

窗台上的君子兰

窗台上的君子兰又开花了。十六个含苞待放的花蕾一夜之间全部绽放，像一个个小喇叭伸向空中；花团紧凑齐整热烈，如一团火焰闪耀在深绿色叶片之上。每朵花都由六个流线型的花瓣组成，花瓣上部呈橘红色，下部为蛋黄色，围着花蕊呈放射状均匀排列。从花瓣到花朵，线条圆润流畅，结构轻盈曼妙，色彩雅致柔和。

我不是一个擅长侍弄花草的人。这盆君子兰大概是六七年前，办公室楼下的储蓄所送我的春节礼物。刚送来时，花开得正盛，叶片对称整齐，造型端庄大气。没过多久花就谢了，但叶片依旧生机盎然。因喜欢那绿色的叶子和花名，便一直养在窗台上。

说是养，其实我没做什么，不过是润其以水、照其以光罢了。每天早上我有清洗茶杯的习惯，利用这个机会我隔三岔五给它浇些水。君子兰喜光，它的叶片总喜欢向着光线强的窗外方向长，于是过一段时间我只好把花盆换个边。这样一来二去，原来整齐排列的叶子便变得凌乱不堪。我想，花木生长一定是有自己需求的，泥土肥料、阳光雨露、空间气流都不可少。人可以帮助它们获得这些，也可以利用这些条件来改变它们。但在没有必要的情况下，一定要通过改变花木生长的条件，把自己的意志强加于它们，也是不友好的。于是我就这样让它任意生长着，就是后来换办公室也没舍得放弃。浇水是经常的，但对我来说似乎不是负担。有时浇水我会欣赏它的叶子，厚实的叶片没有半点残缺，深沉内敛的绿色上放着光芒；叶子表面布满布纹，有人工绘制的肌理效果；所有叶片都呈弧形向上伸展，让人感觉充满生命的张力。

这个花开得实在是太美了，不禁让我有与人分享的冲动。我用手机把它拍下来发给家人，家人回复：好一盆祥瑞之花、富贵之花。我把照片发给朋友，朋友点赞：谦谦君子，宛若主人。有位同事听说了，还专门过来欣赏。他说，君子兰不太好养，容易烂根，叶子也容易生出黑斑来。你这盆花每片叶子都油光锃亮，没有一点病变，花还开得这么亮丽，说明这花品种好，肥基厚，养得也经心。我说，你是专家，很有经验，但我在这花的养护上是一点知识也没有，一点功夫也没下。他说，经心不一定需要专业，只要用心投入。比如你坚持常年给它浇水，水也没有乱浇，你心里一定是有判断有把握的。考虑了对方的需求，尽心了就好。花也是通人性的，你怎么待它，它就怎么对你。

我不懂花，只是喜欢它而已；我压根也没想到它会开花，可不经意间它开出如此漂亮的花来，还给我带来这么多赞誉。这个世界上，人与人、人与物的关系莫非也是一个道理？许多人我们并不了解，许多世事我们并不知道，但我们照样要相伴，照样要处理。怎样相处？首要的恐怕不是知识技巧，而是情感和态度。记得刚入职时见过一本书《怎么坐办公室》，专门介绍与同事、领导相处的技巧，不少的人买来捧读。回过头来看，又有几人是通过看书而坐好了办公室的呢？人与人需要尊重，人与物也一样。待人接物不求回报，只凭良知只尽责任，自然会有意想不到的结果。就是带养小孩也一样，不要望子成龙，尽已所能，给其所需就够了。

古人主张以心知物，格物致知。我不懂王阳明的心学，不知道这个想法是不是也符合他讲的道理。道者之道在于无为，在于顺其自然。也许是这个道理吧。

2017 年 8 月

体检对话

单位每年安排员工到自己选定的医院做一次体检。我选的是协和。这里环境不错，服务也很好。但我对体检看得不认真，有时去，有时不去。过程中也很放松。下面便是我今年体检时，与医生们的一些闲聊。

喉科医：其他都没问题，就是小舌头有点长。

本人：小舌头长有什么问题，是不是喝水容易呛着？

医：那倒不至于。主要是容易打鼾。

本人：啊，我是有点打鼾，但声音不大。

眼科医：戴老花镜吗？

本人：不戴，没有感觉眼花。只是看手机稍微时间长一点就模糊，看书要求光线很好。

医：那就是老花。你看我都戴老花镜了，戴了十来年了。

本人：您那是书看多了。看样子您比我小很多，70 后吧？

医：不，我是60年代的，和你差不多。

本人：啊，那也差不少呢，我50年代的。一个年代差十年呢。

本人：那个像子弹飞一样的声音是血液的脉冲声吧？

脑动脉医：对的。

本人：我们人体看上去静悄悄，其实像一架高速运转的机器，血流都这么大声音。

医：当然。血管就像铁轨，铁轨不好，高铁就没法跑。这个检查就是看铁轨是否安全。

本人：弄这么多电极是检查什么呢？

心电图医：检查心脏功能。

本人：我的心脏一直就很好啊。

医：好不好要看表现。

本人：表现不错吧。

医：不错。心机功能很好。

内科医：您的心率有点低。

本人：那是我故意的。

医：您真幽默。你是运动员吗？

本人：不是，但我喜欢运动。

医：那就没事。

本人：也可能是遗传吧。

医：有可能。

本人：三十年前，我带父亲去检查身体，一个重要建议是心跳过慢，应该高度重视。十年后再次检查，又是这个结论，建议装起搏器。我们顾虑较多，一直没有装。今年他老人家九十岁。

医：啊。

口腔医：牙齿没问题，也比较干净。

本人：这得感谢你们。去年体检时，大夫建议我用牙缝刷。我采纳了，感觉这个东西不错。我右边上牙做过修补，有时感觉有点异样，您能给我看看吗？

医：好的。您做过牙冠，外面看不出有什么问题，要照片子，看看里面有没有问题。

本人：谢谢！

2017 年 9 月

妈妈走了

二〇一八年三月十一日十一点
家里的电话铃响
妻子快步去接
“什么！还有办法吗?”
异样的声音让我心头一紧
最害怕的电话终于来临

大妹在那头说
妈妈走了
刚才给她喂稀饭
才喝两口便咬紧了牙关
父亲探她的鼻子
呼吸已停

“我的娘为什么如此苦命”

我举起双手大声哭喊
悔恨自己
昨天为什么要离家回京
就这一转身
我便没了娘亲

前天我站在妈妈床边
她说不出话来
焦躁不安地扯被子抹嘴唇
她突然抓住我的衣襟
我扶她坐了一阵
眼下这成了我唯一的慰藉

妈妈一生体弱多病
三十六岁就遇上了死神
坚毅不拔的妈妈
一次次与病魔抗争
一年年维持艰难的家计
坚持让我把学业完成

坐在妈妈身旁
端详她的面容

双目紧闭
嘴唇微张
摆脱了病痛的母亲
宛如进入梦乡

抚摸着妈妈的额头
握着她的手指
心底无限惆怅
我曾哪有这样亲近过我的娘
可如今我再怎样
她给我的也只有冰凉

一个强烈的意识在我脑海回荡
自己的一切都来自这瘦小身躯
身体发肤容颜
自尊谨慎寡言
还有那布衣棉鞋压岁钱
可我给母亲的却少得可怜

三十小时后入殓
母亲身体依然柔软
我坚信妈妈去了西天

她一生质朴善良
称秤要公平做事莫损心
是她一生恪守的信念

停灵五天预报说后三天有雨
但天天气朗风清
出殡后便阴雨绵绵
廊檐下乡邻们议论纷纷
杨娭一生最怕麻烦别人
连上天也有感应

没有眼泪
忧伤与思念却在心头绵延
上台阶踏空半步一个趔趄
我仿佛听到一个声音：慢点喽
可待我回过神来
却什么也不见

十四年前母亲脑溢血偏瘫
每逢长假的清晨
总能听到她练习走路的声音
现在我静静地躺在楼上

却什么也听不见

什么也听不见

2018 年 3 月

我与父亲

总想写点关于父亲的文字，但迟迟不愿动手。老人家虽然寿终正寝，但走得太突然，我的潜意识里总不愿承认这个事实。在不经意间或是睡梦里，他仍然在老家的屋里屋外转悠着：除草、清理沟渠、修剪树枝、修理桌椅炊具、坐在餐桌边戴着老花镜看报纸。几个月过去了，有时遇到高兴或沮丧的事还会突然想起应该告诉父亲，与他分享，看他怎么说。

父亲之于我有严厉苛刻的一面，但更多的是慈爱与教导。如果说母亲走留下的是忧伤，时常想落泪；父亲走带来的则是思念，没有多少眼泪，却有绵延不断的怀想。

父亲能讲许多故事。我儿时没有小人书，更没有动画看，几乎是在父亲的故事里长大的。故事内容除了薛仁贵力大无比武功高强等，大多是关于他自己的事。父亲年轻时当过八年兵，参加过淮海战役、渡江战役、抗美援朝战争等，多次荣立战功。他身材魁梧，机智灵活，枪法准，善于骑马，擅长擒拿格斗，于是尚武打仗的故事就很多。比如：他是怎么由国民党的壮丁兵成为共产党的解放军的；他曾和同伴装扮成捕鱼的少年，混进河对岸的国民党军营侦察火力；在苏北长满红花草的田野里，他在火力掩护下抱着炸药匍匐前进去炸毁对方的碉堡；在朝鲜战场上，有时会捡到美军空投的食品，面对诱人的牛肉罐头饥肠辘辘的他们是怎么处理的。从朝鲜回国后，他被送到安徽当涂一家医院疗养。在他看来那个医疗条件与服务简直是好得不能再好了。之后不久他便去了上海，成了一位后来被授予元帅军衔的高级将领的随身警卫。这是他一生的骄傲，却不是他当时的选择。不打仗了就该回家，他老这样想。为了解甲归田，他想了不少办法。他认为离队之前把随身的手枪放在战友的抽屉里，是他能成功复员的一个关键环节。他说，按照当时的规定，服役满八年后可以退伍，但枪支是不能邮寄的，如果他把手枪带回了家就必须回去当面上交，这样退伍手续恐怕也就办不成了。

父亲在部队学会了开车，回乡后在省城、县城和公社开过车、修过车、发过电。他非常熟悉机械原理，柴油机一般的疑难杂症都能对付。所以修车的故事也很多。讲得多的是什么时候谁的拖拉机坏在半道上，哪个乡的抽水机突然熄火无法启动，着急忙慌来找他帮忙，他是怎么发现问题又是如何修好的。诸如火花塞间隙太大无法点火、汽缸床变形导致压力不够、喷油嘴堵塞不喷油等概念，我都是从这些故事里听来的。他可以凭借发动机的声音判断机器是否有问题。有时说到这个，村里年长一点的人就会补充一个例证：有一年在洞庭湖围湖造田工地上，他指着一台正在碾压土方的东方红拖拉机说，这台机器明天会停工。第二天这台拖拉机果然趴窝了。

我的身体没有父亲壮实，力气也不如他，见识就更不用说了，很多时候是他给了我力量与信心。不管是在风雨飘摇的天气远行还是深更半夜赶路，不管是遇上豺狼恶狗还是经过阴森的坟场，只要跟着他我就没有丝毫害怕。童年时我的右太阳穴生疮留下疤痕，成年后总觉得有损形象不好意思，为了不让人发现我常常有意偏过头去。有一次我跟他说起这事，他说，这有什么，男儿无丑相，没有任何影响。我虽然觉得他说的不是事实，但他斩钉截铁的语气却让我坚信不疑，从此不再在乎。

父亲善于寓教于现实，日常生活中遇到什么就会讲什么。我的不少生活常识都是这样得来的。如冷水洗脸要先从下巴洗起，热水泡脚要先泡脚跟，走路两眼要平视前方，夜间出门打手电筒要前后照应，用过的工具要及时擦洗干净放回原处，桌椅板凳摆放一定要平稳——点点滴滴都是他言传身教的内容。在我的印象里父亲是无所不知的，有什么疑问我总喜欢问他。从高压电线下经过听到嗡嗡的声音，我问这是不是电流声，他说不是，是风吹电线的声音。听广播声总觉得与我们平常说话不一样，我问这是为什么，他顺手拿起一个搪瓷杯放在嘴巴前学播音员说话，让我一下就明白了奥秘所在。他打过那么多仗，我以为他一定很喜欢打仗的电影。有一次上映《英雄儿女》，我跟他说这个电影可好看啦。他说他不爱看。我问为什么，他说他放过电影，那些演打仗的太假了，拿枪的姿势都不对。原来电影是假的，是演出来的，我第一次有了这个概念。接着他便跟我讲电影的“视觉暂留”原理。“文革”时期家家户户都要贴很多毛主席像，父亲做这样的事非常认真，要求必须横平竖直、上下左右对齐，很多时候都会让我帮他看贴得正不正。

父亲很喜欢书，并能学以致用。祖上留下来一个书箱，里面总是整齐地排列着父亲从部队带回来和后来买的书。这也是我经常光顾的地方。牛郎织女的故事、内燃机的原理、怎么正确使用锉刀、黑板报怎么画插图和边框，诸如此类我都是从这里了解到的。特别是那本厚厚的《农村实用手册》，内容极为丰富，很多问题都能从中找到答案。一天早上我们刚吃过饭准备上学，邻村的一个人匆匆来找父亲，说他家老三早上把一个东西吞到肚子里去了，不知怎么办。父亲从书箱里拿来那本手册翻了翻，告诉来者：割一把韭菜，不要切碎，少放点盐，炒六成熟给孩子吃，然后注意看他的大便。第二天上午，我们一下课那人来告诉父亲说，多谢多谢，拉出来了。

父亲倾其所有尽其所能地爱着我，但没有落于溺爱。大概在我五岁那年，生产队要将一船红薯当公粮送到长沙去，他负责押运。一条停在门前装满红薯的大木船准备起锚，他把我牵上了船。这是我第一次出远门，也是唯一一次走水路去长沙。在长沙前后大概有十多天。一天，他带我上街，在一家百货商店的玻璃橱窗前，我盯着一个玩具飞机不肯离开。他说这个太贵了，要花一担谷的价钱。我不知道一担谷到底值多少钱，但我知道那是很多很多的钱，于是我跟着他离开了柜台。在商店里转了一会儿，他又来到了玩具柜台，找营业员要来飞机在玻璃柜面上试了试，然后买了下来。那是一个上发条后可以在地上边滑行边翻筋斗的飞机模型，也是我童年时的至爱。我青少年时期是吃不饱饭的年代，就是红薯也不可以敞开肚皮吃。有一天他从远房亲戚那里用鱼篓背回来一只毛茸茸的小狗，这让我既惊讶又高兴。他说，好狗标准是“团鱼鼻耳像叉，滚子文身尾像蛇”。你看这只狗耳朵直立，尾巴很尖，鼻子是湿的，身子是圆的，一定是只好狗。从那以后这只狗就成了我的好玩伴，给我带来了许多快乐。这只狗成年后还真成了当地有名的良犬，好几次外来的猎人想把它买走，但父亲始终没有松口，尽管当时为了养狗家里每人都要少吃一口饭。后来父亲还给我买过笛子、胡琴、手表、自行车，我知道那都是他认为最好也是我最需要的。

1979 年 9 月我考上了大学，但在报到的前夕病倒了，食欲不振呕吐不止，报到日期临近还不见好。父亲跟我说，我们不去读书了行不行？我知道他是非常希望我上大学的，这一点从他给我取的名字就可以看出来。我也知道，如果我同意，他是会放弃希望的。这除了他不放心我带病离家外，也与他的认知有关。对故土，他的骨子里好像有一种特别的情感，类似他年轻时毅然放弃城市生活回到家乡的经历，在他的生涯中有过多次。有人说他喜欢家乡的田园生活，是经过战争洗礼后的一种内心追求，这可能有一定道理。当时我没有吱声，但心里没有半点放弃上学的打算。他看出了我的心思，当天就送我去了公社卫生院。报到的最后一天，他送我去了省城大学，帮我安顿好后又陪了我三天才回家。上大学之后我与父亲的联系和交流主要靠书信与假期回家。他给我写过不少信，家里大大小小的事、村子里大一点的变化，都会一五一十、清清楚楚地写上，让我感觉好像回了一趟家似的。每次写信他都要在落款之前强调“勿念”，每次回家他都会到十里外的火车站去接我，每次告别他的眼里总是含着泪水。

是的，坚毅的父亲也有柔弱的时候。有时打了我们后又会跟我们说：孩子，要听话，打你们我和妈妈心里也很疼。村里人或哪个亲戚去世了，他会流泪，甚至伤心痛哭。那年头卖艺的要饭的特别多，遇到下雨或是天黑了他会让人家留宿。有一次竟让一个讨米的人住了好几天，那人讨了两袋子米和豆子拿不动，临走时父亲还送了他一条扁担。

20世纪60年代后期，父亲当了好几年民办老师。开始我和堂姐还在一旁担心议论，他会写粉笔字吗？学生会听他的话吗？没想到他教书带小孩还很有一套。他利用自己擅长写打油诗的特点，将一些教学内容与好人好事编成押韵的诗歌，教学生说唱。还在教室前面上方拉上一根铁丝，挂上一面锦旗作为不同年级间的流动红旗。有一天一个小孩哭着来告诉他，他的新套鞋不见了。父亲判断是邻座的孩子拿走了。于是他编了个故事：我们有个同学不小心错拿了别人的套鞋，我知道是谁拿了。没关系，他明天会把鞋子拿回来的，错了能改就是好学生。第二天早上拿人家鞋的小孩早早就来到了学校，悄悄把鞋子塞到了人家座位下。那时的小学一个班有四个年级，当时我已经是高年级了，但和妹妹同在父亲的课堂里。父亲对我似乎特别严厉。一天不知因什么事我与妹妹发生了争执，没想到这一争吵惹怒了他，他一直追着我打，无论我怎么躲避都穷追不舍，直到把我追到一个陡坡边沿无路可逃。母亲得知这事后责怪他太狠了，假如逼得我滚下坡去怎么办。他便嘿嘿地笑，然后转过头来对我说：伢崽，以后要听话，听话爸爸就不再打你了。其实我并不明白自己究竟犯了什么错，怎么才叫听话，但父亲那个笑却深深地留在了我脑海里。后来我想，父亲那样做大概是为了引导其他学生，管住了大的就可以震慑小的，教训了自家人训别人就更有底气。

父亲热心公益，热衷于改造环境。青少年时我常常看到他在村子里的田间地头修修补补，把不平的路面整平，把雨水冲刷的沟填好，把田埂上的缺口用石头砖块砌好。村里的老水井地势低洼又太远，洪水季节每每被淹，他到处找水源打井，希望全村能就近取水。老家对面有一片地势较高的水田一直缺水，只能靠天收，他买来水平仪和皮尺测量出修水圳的路线，把山塘的水引到了对面田里。他鼓动大家在门前的垄口筑坝修水塘，一举解决了全村没有干净水洗衣服的难题，也结束了村里人出门必须下坡过坎的历史。

父亲有一双灵巧的手。女儿未能赶上爷爷的葬礼，发来一封长长的信。信中回忆，小时候她得了一只好看的鸟，可是没有鸟笼子，于是大爹（爷爷）编了个有模有样的鸟笼。从那时起她就对大爹很崇拜了，觉得他什么都会。其实这等事对他来说不过是小菜一碟。他翻整的土地平坦细致，他栽种的秧苗整齐划一。他做的藕煤机、压水机比买的还好用。他用铁皮、钢筋、铁丝等材料做出的盒子、水瓢、水壶、灰斗、草筢、钳子、衣架一类日用器具又耐用又好看，很受乡亲们欢迎。很多看起来没用的东西到他手里就会化腐朽为神奇，或成为好看实用的东西，或是作为零部件修补到什么地方。我至今用的工具箱和一些工具都是出自他之手。

父亲辞世很突然但非常安然。去年国庆期间，我们全家所有晚辈都回到老家给他祝贺九十大寿，那时他精神还很好。去世前几天他突然脚痛，县中医院看了说是骨质增生，开了些药吃并有好转。我前一天还打电话问了情况，妹妹说他已经能自己下地活动了。去世前那天晚上他自己上厕所，妹妹起来照看，他还叮嘱说，天冷多穿点衣。没想到第二天早上妹妹去叫他起床时发现他已经不行了。这天是 2018 年 11 月 16 日，也就是母亲去世后的第八个月的一天。邻里们说老人这样无病无痛喊走就走，是一份福气、一种修炼，他自己没有受罪也没有连累后人，这是上天安排的，不是谁都能修得来的。这个说法给了我极大的安慰。父亲心里有爱，一生向善，我相信他一定是跟随母亲去了天堂。

父爱如山。父亲对我影响至深，给我的太多，我无以回报。今年清明我给父亲立了一块碑，刻上了我为他写的墓志铭：为国家扛枪，替乡亲修路；精于机械，勤于耕读。是为纪念。

2019 年 5 月

第 二 辑

延安六日

单位安排到延安学习五天。其间我没有做笔记也没有提问。经验告诉我，课堂笔记只是应付考试有用。我的历史知识贫乏，延安又是圣地，提问可能让人发笑。我以日记方式记录了自己的一些思考与体会。

2010年8月28日　星期六　晴　决策方式选择

由北京飞延安有两种方式，先飞到西安再转乘汽车，或是直飞。飞西安的航班多，机型多，选择余地大，不过，从西安到延安得坐四五个小时的车，需提前一天赶到西安。直飞便捷但没有选择余地，每天就上午一趟天津航空公司的航班，飞机是巴西的ERJ－190。四天前造成四十余人死亡的伊春空难就是该机型。怎么走？单位没有统一安排，各尊自便。我没有多考虑，买了直飞的票。早上集体乘车去机场发现人还不少，总行二十三人有十五人选了这趟飞机。一路上大家都在开玩笑，虽然大多是调侃，但多少还是有顾虑。“好啦”——直到飞机平稳降落在跑道上，有人才彻底放下心来。一点多大家到达延安干部学院，半个小时后，先飞西安再转车的同事也到了。

殊途同归，各得其所，过程似乎也就不重要了。然而我想，这件事假如改变一下决策方式，如大家投票少数服从多数，或者是由领导拍板，情况会怎样呢？不用说了，由多数决定肯定是直飞，因为选直飞的人多。领导拍板呢？估计不会选择直飞，因为眼前担心的风险就很大。其实从西安经转也不是风险最小，谁又能确保由西安到延安的汽车就一帆风顺呢。

三种选择都没有确定的结果，不存在最优答案。但有一点，也是最易被忽视的是，不同决策方式的风险承担能力是不同的。其中自主选择不存在道义和责任成本，对结果的承受能力最强。可见，有时决策方式的选择可能比决策结果的选择更为有效，更为关键。当我们难以选择结果时，即可考虑改变决策方式。

2010年8月29日　星期日　晴　历史的意义

今天的学习类似党史课。上午是延安政法大学高尚斌教授讲“党中央在延安十三年”，下午参观延安革命纪念馆和宝塔山。

与以往课堂教学比，这样的活动更能解释一些事件的逻辑线索。如红军长征目的地为什么是延安。长征前红军根本就不知道陕北有刘志丹这支队伍，最初目的大致是新疆或蒙古的中苏边境，以靠近共产国际，获得更多支持。长征途中，毛泽东在甘肃以南的哈达铺镇，从一张阎锡山的旧报纸上得知陕北刘志丹建立了根据地，有几万红军，才决定到此落脚。又如1947年胡宗南“围剿”延安，毛泽东经常是兵临城下仍泰然自若。甚至当胡的部队已进入延安城时毛泽东还执意留下，要看看他们究竟长什么样。这除了群众基础好和毛泽东有胆识以外，还有重要的一点就是有内线，有情报。每每胡的作战命令在到达旅长之前，共产党就知道了，甚至在胡宗南接到蒋介石让他占领延安的命令的同一天，毛泽东就得到了情报。

尽管如此，大家还是问题多多。这不奇怪。我们都希望自己了解的历史是真实的。如能还历史以真实，既可慰先人也能启来者。但历史又是不可能有准确答案的。尽管每一件事情都有自身的缘由与逻辑，但往往当事人也不一定能掌握全部真相。再说，就是眼下的身边事，我们都往往知其一不知其二，更何况陈年往事。当然我也不能因此就依自己的需要总结提炼历史。学习历史不是为了重复历史，也不是为了证明今天的什么。事实反复告诉我们，将经验、教训、历史、经典，总结为模式、样板是不可取的。历史没有假设，历史也是不可复制的。“后之视今，亦犹今之视昔。”我以为真正的学习应该是在尊重历史的前提下，反思既往，检讨当前，争取再顾历史时，少些愧疚，多点自豪。

看着纪念馆背后山坡上凌乱破旧的窑洞，看着脚下几近干涸的延河，让人深切地感到，我们更需要的是立足当下，而不是流连历史。

2010年8月30日　星期一　晴　做好细节需延安精神

上午总行以视频方式召开夏季工作会，培训班安排到延安分行参会；下午宋伟教授讲授延安精神及其时代价值。分行办公楼八楼设有视频会议室，场地宽敞，影像声音都很清楚。能以这种低成本的方式将总行的声音传递到二级行是件很不错的事，如能在一些细节上做些改进就更好了。总行主席台的会标还可以挂高一些；会前预备大概有十分钟的镜头显示，可插播些背景音乐或镜头，而不是直播零零落落的入场画面；做些镜头切换（如董事长在介绍新任监事长时）。有关会议内容，也可以给出一些更明确的判断或决策。个人消费贷款市场份额下降，到底是好还是不好？该怎么办？允许分行在总行下达的信贷计划内将公司贷款用作个贷，在目前条线管计划的情况下，是否具操作性？等等。

细节的改进，需做细致的工作。用延安精神来评价就是，我们需长期不懈地实事求是，深入一线，艰苦奋斗。

2010年8月31日　星期二　晴　“三三制”

全天为现场教学，参观抗大纪念馆、杨家岭旧址、凤凰山旧址和王家坪；穿插有四个专题讲座——抗大精神、延安时的共产党、白求恩、共产党人的人格魅力。其中反复提到陕甘宁根据地的民主政治实验。

1937年5月颁布的《陕甘宁边区选举条例》规定，凡是住在边区的人民，年满十八岁，不分阶级、党派、职业、男女、宗教、民族、财产和文化程度的差别，都有选举权和被选举权。1937 年、1941 年、1945 年，边区进行过三次大规模选举。人们通过普遍、直接、平等、无记名、发表竞选演说、差额选举、罢免制和新闻监督，选举了自己信任的官员和政府。上至边区参议会和边区政府，下至每个自然村的选举，都采用这种方式。在不识字的农村还创造了“投豆子”等表决方法。参议会实行民主集中，重大问题集体讨论，按“少数服从多数”原则决定。各级行政长官由同级参议会选举产生，参议会有罢免行政长官的权力。政权组成实行“三三制”，即无产者代表共产党员占三分之一，小资产阶级代表、左派进步分子代表占三分之一，中产阶级和开明绅士代表占三分之一。毛泽东在《为人民服务》中提到的李鼎铭，就是 1941 年当选为边区政府副主席的米脂县开明绅士。他在任期间提出的“精兵简政”在各根据地推行，为改变当时的机关主义、官僚主义、形式主义起了很大的作用。这应该说是中国共产党早期进行民主政治的最有价值的尝试。

2010 年 9 月 1 日　星期三　阴　做人做事与社会进步

今天的活动是：在张思德追悼会遗址朗诵《为人民服务》，听学院外聘教授李世明讲张思德与《为人民服务》，参观枣园。李教授是东北人，他以“唠嗑”的方式阐述严肃的话题，既中听也让人受启发。

在延安牺牲的普通士兵不计其数，高级将领、知识分子、大功臣都大有人在，为什么毛泽东要为张思德这样一个极其普通的警卫战士开追悼会、发表演说?

这除了张思德在枣园站过一年多岗，毛泽东认识他以外，更重要的是在毛泽东眼里他是一个普通好人的代表。张思德十八岁参加红军，二十三岁入党。长期为中央警备团战士，二十九岁死于炭窑崩塌的意外事故。他性格内向，不善言辞，但作风朴实，做事认真，心灵手巧。他经常赤着脚站岗、做事，开荒种地、养猪纺线都是能手，深得首长怜爱。毛泽东就曾送鞋子给他，还常与他开玩笑。在毛泽东看来，为人民服务不一定要有惊天动地的举动，不需要气壮山河的气概，踏踏实实做事，做有益的事，就是好人，就是在为人民服务。所以，他认为张思德就是彻底为人民利益工作的，就是为人民利益而死的；还强调只要是做过一些有益的工作的人，死了都要为他送葬开追悼会。

从宣传教育来看，这样做是最现实的。千千万万的老百姓，如果每个人都能做好自己的事，社会就和谐了。而当下我们的宣传不是这样。媒体关注的重点往往不是普通大众，不是日常生活，而是明星式人物、轰动性事件。

从社会文明看，每个人都应该做好自我，尽能力凭良心做事。讲环保能不能每周少开一次车，少用一个塑料袋；讲民主政治建设能不能不苟同，该表达的意见就表达；讲清正廉洁能不能少吃请，少送礼。推动社会进步实在有效的手段就是从自己做起，而不是完全寄托于精英。

2010年9月2日　星期四　晴　有价值才有生命

今天是在延安的第六天，学习即将结束。如果问现在的延安给我最深的印象是什么，我觉得有两点，一是建筑，二是红枣。穿行于市内，可以看到许多房子的门窗采用半拱形结构，再看看房子后面山坡上那些窑洞，便知道这些造型的元素一定是来自那里。推销红枣的广告到处都是，有些地段简直是红枣一条街，大大小小的门面、店铺都卖红枣。枣园旧址门口就有一个专门卖枣的大市场。招牌、名片上写着：狗头枣、银杏枣、水晶枣、骏枣、淮枣、蜜枣、酸枣。店铺里摆的也全是枣，干的、新鲜的，袋装的、散装的，批发、零售，应有尽有。

这两样东西早就存在于我们的记忆中。“大红枣儿甜又香，送给咱亲人尝一尝。”这一曲红歌让陕北红枣在全中国家喻户晓。枣园的窑洞造型，通过电影、电视、画报、相片传遍了全世界。几十年了（一定更为久远），许多东西都昨是今非，而这两样不仅没有被时光冲淡，还在发扬光大。它们生命的源泉在哪里？在于其内在价值。红枣不仅是食物，还是中药的重要成分。中医认为，它有益气养肾、补血养颜、补肝降压、安神壮阳的作用。民间还有“一日三枣，长生不老”的说法。在市场上我发现不少学员对红枣感兴趣，有的一购就是几十斤。圆拱形建筑不仅有力学意义，也很有审美情趣。每天散步我都会在院内绕着校舍走上五六圈。这除了院内植被好、汽车少外，还因为其建筑看上去很舒服。礼堂、教学楼、宿舍的门窗，还有连廊、过道多采用拱形设计，线条流畅圆润，大方朴实。院方多次自豪地介绍，学院的建筑曾全票获得鲁班奖。

生命的价值在于有益于他，为物如此，为人也不例外。“是金子就一定会发光”“桃李不言，下自成蹊”，此类谚语、古训说的大概就是这个意思吧。

牛津日记

二十天的牛津培训是辛苦的。最不适应的是中午不休息，下午上课总想打瞌睡。但每天都有体会，于是坚持用课余时间写日记，记录下点滴收获。

2011年5月7日　星期六　司徒雷登的睿智

得知能到牛津学习二十天，很是向往和期待。五一前文波寄来司徒雷登著作《在华五十年》，当时就准备留在飞机上看。

早上十一点半由北京出发，晚上十点到达，飞机上有十来个小时。我坐在靠窗的位子，明亮清静，除了两顿饭，大部分时间用来看书。

作为一个职业传教士，司徒雷登不是刻板地诵经、布道、做礼拜，而是反对古板保守，追求自由现代。在金陵神学院任教授时，他就努力使自己的课程和其他领域联系起来，想方设法使其容易理解，兼具建设性和实用性。他关于上帝、耶稣、圣灵、《圣经》等基督教信条的通俗演讲，甚至引起美国长老会的误解和质询。办普通教育时，他更是不遗余力地将一切文明都纳入进来。在他看来，正规大学的标准与基督教并不矛盾。大学是传授真理的，宗教信仰属于个人自由，基督教要造福所有不同信仰的人。我以为这种理解是通达的，合乎逻辑的。基督教教人从善博爱，这和儒家重礼、老子讲道一样，与现代德育一样，属于思想品行教育范畴，不必要也不应该反对人们接受科学。基督教讲故事，就如同“愚公移山”“农夫和蛇”的寓言典故一样，需要人们领会的是意义和道理，而不是穷究其中的人物。

他用美国人的钱和方式在中国办学，但宗旨是要办成中国人的大学、世界性的大学。一开始，他就清楚地告诉自己，燕京大学必须很好地融入中国社会，切断同西方的特殊关系。他要求所有员工和中国人平等共处，彼此分享交流。学校事务无论巨细，外国人与中国人都享有平等的发言权。大家住一样的房子，邻里之间和睦相处。这在当时都是相当激进的。南京政府成立后，燕大立刻在教育部注册，主动接受其全权监管。他走遍了中国各个地区，几乎同政府所有高官都搭上了关系。这一方面是为了争取捐赠，另一方面也是为了更好地融入中国社会。他引进牛津大学荣誉课程的辅导方法，还请来了牛津大学校长之子林迈可指导这一项目，同时还与瑞士、法国、德国、意大利等建立起了友好合作与支持关系。

他以一介文人与日军抗争，却能软硬兼施，柔韧有余。“七七事变”后日本人占领了北京，许多大学撤离到后方。在前景不明的情况下，他决定让燕大留下来。为了保护好学校，保持大学的独立性，他费尽心机。他利用美国尚未表态，日本人还有些畏惧的心理，在校园升起美国国旗，增设门卫，规定没有事先安排人陪同，日本人不得进入校园；找来从燕大毕业后在日本读了硕士的人作为中介人与日本人周旋，尽量缓和与日本政府及军方的冲突。他拒绝日本政府捐款和师资安排，同时聘请人格高尚的世界知名人类学家、日本人鸟居龙藏来校任教，以避免日本人怀疑他的政治动机。在被囚禁的近四年中，他与日军斗智斗勇。当审问他为何与蒋介石往来时，他不卑不亢地回敬：日本人自己就有强烈的爱国热情，蒋委员长坚持抵抗侵略保卫祖国，理应得到理解与尊重。1945 年初，他和同事利用《大阪每日新闻》分析得出结论，日本国内资源已消耗殆尽，飞机、货轮、燃油、食品严重短缺，已经撑不了半年。这一判断比美国军方的情报还要早要准。

听说牛津是思想与人格的摇篮。司徒雷登不是牛津的弟子，但我相信，他的眼界和操行与牛津的大家一定不相上下。

2011 年 5 月 8 日　星期日　牛津大学的主体是学院

上午赛德商学院组织见面会，介绍牛津大学情况、培训安排、校方项目团队成员等。课程设计的基本逻辑是：环境分析、战略决策、领导实施。下午参观学院和博物馆。牛津大学的组织架构较为复杂，大学、学院和系之间的分工关系与国内不一样。

全校共有三十八个学院，每个学院都有独立的资产和财政，有分属于自己的学生和师资。大学是学院的“联邦政府”，大学与学院间没有严格的上下级关系，也不像矩阵式分工。大学主要提供公共资源，如图书、网络、品牌、公共课程等。从介绍情况看，他们最为推崇的是学院间的竞争和一对一的辅导制。学院间没有严格的学科与专业分工，但每个学院都有自己的看家本领和引以为豪的弟子。每个牛津的学生必须分属于自己的学院，由学院负责吃住和专业课程。无论本科还是研究生入学考试，必须接受导师的面试，学习期间要经常与导师见面，接受辅导和听取作业要求。这一点对本科生尤其重要。由于一对一教育成本很高，学校规模有限，目前全校大概有一万五千名学生，最大的学院也只有五百来人。我们培训班二十四人也名义上被编入五个学院。

2011 年 5 月 9 日　星期一　世界难题与中国现实

牛津有个“21 世纪学院”，任务是为解决全球性问题提供策略。现任院长、世界银行前副总裁高尔丁（Goldin）博士，今天为我们讲授第一课，题目是：21 世纪的风险。他认为，受“系统越大越复杂稳定性越低”的规律影响，全球化在给人类创造财富的同时，也在形成巨大风险。诸如：技术进步使得高端科技产品和信息交流的成本越来越低，个别有不良企图的人可能利用低成本和信息容易获得的便利，制造危及社会的事件；合成谬误更加容易发生，即大家都在做自己认为正确的事，而对整个人类来说可能是灾难，就像里海周围的五六个国家都利用它灌溉，结果造成里海干涸一样；人们的寿命越来越长，而生育意愿却在下降，人口老龄化现象会更加突出；疾病传播越来越快，20 世纪 70 年代以来，全球就发生了四十多种新型疾病。

更令人忧虑的是，面对全球化，私营部门都在准备，而公共部门却仍封闭在过时的管理模式中，监管机构也未能赶上时代的步伐，旧的国际组织体系正在失灵。采取新的方式提高全球公共管理水平已迫在眉睫。

高尔丁博士的演讲很有见地，很开眼界，让人觉得牛津还真是在集中世界上的优秀人才研究人类最难的问题。作为人口第一大国，中国必须积极参与全球协调，承担更多有远见性的国际事务与责任。但我不同意他关于中国现实的两个观点：中国经济增长会继续保持高速度，如十年再翻一番；中国应继续实施人口生育控制措施。中国经济增长成本很高，效率很低，质量很差。中国标准单位煤、电、水的 GDP 远低于国外，特别是发达国家。高增长造成的巨大外部不经济，如环境污染、资源高消耗、分配不公、权贵资本等，正在形成难以估量的后患。里海事件在中国许多地方司空见惯。中国的房屋寿命只有三四十年，而英国是一百三四十年。像我们所在的培训中心，要是在中国恐怕早被当作违章建筑或危房给拆了（该中心建于 20 世纪 60 年代，外观近乎简陋，最高三层，最低一层，钢筋混凝土结构。里面装修简单，水泥梁柱和墙砖只刷了一层白漆。但结构合理实用，设施完备）。主要产业都掌握在国有垄断企业手里，严重制约着市场机制建设。要解决这些问题中国必须放慢速度。同样，开始于三十年前的严厉的计划生育政策，控制了人口急剧增长，也带来了不少社会问题。老龄化在加速，性别比例严重失调。随着生活水平提高，人们的生育意愿已明显下降，调整一胎制政策已十分必要和紧迫。

2011 年 5 月 10 日　星期二　监管重点在哪里

阿莫英教授是研究法律的。他所讲授的“新的金融治理框架”，条理清楚，简明扼要。银行与一般公司不同，一方面它发挥着类似心脏泵血的功能，为整个经济提供资金流；另一方面银行一旦出问题，可能涉及债权人、贷款人、政府，容易形成多米诺骨牌效应。所以对银行必须有特殊的监督。怎么监督？他们的研究发现：2008 年金融危机的原因主要在于激励考核未能校准公司利益和代理人利益关系。FSA（英国金融服务管理局）对 2009 年金融机构薪酬激励机制调查发现，英国金融机构的奖金占了薪酬的很大比重，而奖金主要与当年的收益挂钩，并没有根据风险进行调整，从而导致金融机构为了即期利益而不顾公司风险积累。因此，要管好金融机构，必须改进薪酬体系。为此，欧盟、英国、美国目前主要在做这些工作——将薪酬与公司的长期表现和风险挂钩，如延期支付；改变单向激励，即除了正激励外还要有负激励；增强薪酬信息披露，利用市场监督。

我认为这些做法是必要的，但不是全部，还有三件事应该做。一是严禁为规避监管而进行无实际价值创造的产品创新；二是传统银行业务与投行业务必须分业；三是地方银行不能跨区域经营。三方面在不同国家和区域可有不同侧重，如第三点在中国目前尤其现实和重要。它还可能影响银行的创造力和公平竞争，如美国曾经的分业经营就是在欧洲混业经营的现实面前被打破的。这就要求全球金融监管必须协调行动。

2011 年 5 月 11 日　星期三　银行最要向前看

杰夫桑普勒博士是美国得克萨斯人，穿牛仔裤，语速较快，热情奔放，有时两手一叉坐在讲桌上。他“避免金融短视”的演讲就像其形象一样富有冲击，给人启发，令人深思。演讲围绕“战略预测、风险评估、思维转变”展开。我将其归纳为四点。

其一，世界变化越来越快，未来很难预测。由于人们的交流增多，技术进步加快，各种思想、需求和满足需求的手段层出不穷，社会发展的不确定性越来越大，预测未来变得越来越困难。目前英国使用互联网的典型用户年龄在六十五到七十五岁，美国热衷电子游戏者的年龄则在上升；最先使用 Wi-Fi 无线上网的人群，是十三四岁的青少年，而不是 IT、投行、咨询人士；目前全球最大的相机品牌是诺基亚，而不是传统的相机生产厂家。面对这些已经出现的事实人们凭常识都难以接受，更不用说事先判断了。

其二，社会和技术的影响远大于银行战略和业务本身。金融界往往只关注金融、战略，忽视社会和技术的影响，而事实却恰恰相反。

未来人口数量和结构的变化将对各行各业产生深刻影响。例如：目前世界平均每秒钟有2.4人出生，其中有一人出生于印度，因此孟买的房价是世界最贵的。到2050年，意大利的人口将减少40%，西班牙的人口将减少1/3，因此这些国家的房地产贷款和按揭市场毫无前景。人口结构变化的挑战也很大。2050年全球六十岁以上人口将在历史上第一次超过年轻人，而目前十岁以下孩子的预期寿命将达到一百二十岁，意味着退休后平均还要再活六十年。这些都将极大地改变整个社会的生产生活方式、消费模式和金融需求。

科学技术呈现加速发展趋势，对企业既是挑战也是机遇。当很多洗衣粉制造商还在预测市场需求时，日本、德国的洗衣机制造商已经在开发可大量节水的超声波洗衣技术。这无疑将在水资源匮乏的地方形成庞大的市场需求。在美国做一个心脏搭桥手术要二十五万美元，而在印度只需两千美元，成功率比美国还高。原因是美国要先用昂贵的技术使心脏停止跳动，手术后再重新启动，而印度用按摩方式保持心脏跳动。由此巨大的医疗旅游需求正在形成，这是否是银行服务的机会？基因技术的进一步发展，将能实现只需化验一滴血就可以知道一个人将来得癌症的可能性，这将使重大疾病保险彻底退出市场。

其三，银行成败的关键在于是否能获取市场信息。波特的

“五力”模型传统上是行业定位的有效工具，企业只要选择了正确的行业，往往意味着商业的成功。但在行业变化迅速、行业间融合加速的当今，这一战略模型已不适用。影响成败和价值创造的因素只有22%来自行业的选择，78%则来自专业能力的建设和市场信息的获取。西班牙ZARA时装品牌公司利用红外线条形码技术，获取客户试衣时所传达的样式、颜色、长短等偏好信息，经过分析后迅速推出新的款式。目前它已成为世界第三大服装企业。沃尔玛公司拥有先进的信息挖掘系统，实时掌握每一种商品销售动态和库存信息，“911事件”后十五分钟，他们发现美国人爱国热情高涨，国旗畅销，马上调整库存，第二天就卖出国旗十万面。

从目前美国的情况看，传统的银行由于缺少变化，正在逐渐消亡。美国资金流动只有14%通过银行，银行信贷只占到社会融资总量的8%。来自第三方支付、物流等其他行业的竞争者正在取代传统银行。快递公司UPS正在由物流公司向银行转变。由于它控制了物流及其信息，更有能力提供信贷和支付结算，甚至可以为GE公司这样的大客户提供服务。它通过原材料、配件、成品等物流的掌控，对GE的风险和金融服务需求的把握已远远超过了银行。

其四，制定战略一定要向前看，而不是留恋于传统优势。从技术更新和信息老化速度两个维度看，所有行业可以划分为四类：一是技术更新慢、信息老化慢的，如农业、石油、矿产；二是技术更新快、信息老化慢的，如咨询、制药；三是技术更新慢、信息老化快的，如时尚、媒体、银行；四是技术更新快、信息老化快的，如资讯、科技。

随着技术作用加大，银行业将逐渐从第三类转变为第四类，只有积极跟踪市场信息，不断加快创新，才可能取得成功。因此，银行制定战略一定要紧跟市场与客户需求变化。这就如同开快车一样，一定要往前看，而不是盯着后视镜。因为前面的情况很快就会出现在眼前，而后面的离你越来越远。可惜90%的银行习惯往后看。他们拥有精致的数学模型，而参数都是历史的；他们以自己曾经拥有的市场优势为荣，却不知道这些东西正在衰老。

2011年5月12日　星期四　FSA凭什么收费

到伦敦拜访FSA、花旗银行和建行伦敦子银行。三家都做了认真的准备，可惜时间太紧，难闻其详。靠近市区堵车严重，七点半从牛津出发十点半才到达金丝雀码头。FSA是第一站，只能以了解它为主。

FSA海外部的弗朗西斯先生先领大家参观了办公大楼。整个二楼是来访者接待中心，透过玻璃窗可以看到几乎每个房间都在开会。三层是员工食堂，场面较大，全局三千多人在此就餐。可能是场地限制，访谈安排在附近一家酒店。

FSA的开支主要来自立法规定的监管收费和罚款，前不久就罚了美国一家投行一千七百万英镑。这在我看来有点不可思议，你监督约束人家还要收费？我问弗朗西斯，这样做是基于市场原则还是政府命令？答曰：与政府无关，FSA 是独立于政府的机构，对议会负责；收费是社会管理的需要。他们对大的金融机构一般至少要派驻一人，负责监管指导和风险提示等。2008 年金融危机后，FSA 的工作明显多起来。议会和民众都要求监管机构做得更多一点。通过讨论我大致清楚了，监管收费除了补偿服务成本外，还因为银行具有外部不经济的特点，如倒闭会给社会带来麻烦。这种“监管—收费”机制安排具有内在逻辑与合理性，一方面不向政府要钱，能保持监管的独立性；另一方面向被监管者收费，可以增加市场约束，增强监管的公正公平。收费对被监管者来说可能感觉不舒服，如任职资格审查收费，但它就如同医院给病人动手术和吃药，病人要付费一样；而对于整个金融体系来说，保证公平竞争和秩序稳定更是意义重大。

2011 年 5 月 13 日　星期五　客户行为应细分

戴维斯是巴克莱银行客户行为研究中心的骨干。金融危机以来，巴克莱银行裁撤了不少机构，但他领导的这个不做业务的五人小组却保留下来。从心理学角度研究客户行为，根据心理需求为客户提供投资顾问是他们的主要职责。巴克莱的投资理念是，将市场分析结论与投资者的行为特征结合起来，引导投资者进行个性化投资组合，使投资目标与其金融人格匹配。

采用简单拿来主义，我认为其中有两点值得借鉴。一是要综合掌握客户的所有资产，而不是仅限于本行的 AUM 值。尽管这在中国不太容易，但这样做是合理的、必要的。很明显，具有不同量级和结构资产的客户，其心理和行为会有很大差别。二是在测试客户风险容忍度高低的基础上，增加镇静度和市场参与度等因素分析。风险容忍度相同而镇静度不同的人，其行为同样会有很大差别。高度镇静的人面对困难和压力更能坚持，为了达到目标可以推迟享受；而镇静度低的人难做到这些。股市统计发现，以一个月为时间跨度，获利的概率为 62%，损失的概率为 38%；而以五年为跨度，获利的概率是 84%，损失的概率是 16%。所以，建议镇静度高的人做长期投资，他们赚钱的机会会增大，且感觉不到痛苦；而让镇静度低的做短线，虽然赚钱的可能性会小一些，但不会承受市场波动带来的痛苦。

2011 年 5 月 14 日　星期六　幸福靠感觉也靠财富

上午参观牛津城，下午安排学习高尔夫，也可自由活动。原打算去见识见识英国的高尔夫，但感觉太累，外面又凉，便回酒店休息，一觉睡了两个小时。吃晚饭时听他们说由于阵雨，打球的才打了四个洞就回来了，还被淋湿了衣服。原以为失去了一次好的练球机会，这下却感觉没去是对的。这大概也证明了“昨天的幸福”经济学研究的问题，即幸福往往是比较而存在的，如与期望值比，与别人比，等等。也就是说幸福是主观对现实的感受，既取决于现实环境，也与自己的意识有关。夸大主观的作用，认为幸福是完全可以靠自我精神调节得到的显然是忽悠；而具有殷实富足的物质条件和公平正义的社会环境，但缺乏感知和比较的能力，人们也是不会真正幸福的。

2011年5月15日　星期日　美丽的布伦海姆宫

上午参观布伦海姆宫，下午顺道购物。

布伦海姆宫又名丘吉尔庄园，但实际上不是丘吉尔的财产，而是其堂兄的。1702年，欧洲战争爆发，丘吉尔的祖先——马尔伯勒（Marlborough）公爵，率领当时的盟军同法国人作战。1704年在德国的布伦海姆取得决定性胜利，粉碎了路易十四称霸欧洲的妄想，结束了法国人六十年战无不胜的历史。为了表彰公爵的战功，当时的安妮女王赐予公爵一片领地建筑宫殿，命名为布伦海姆宫。到丘吉尔的父辈时，布伦海姆宫传到了他伯父手里。丘吉尔与宫殿的直接关系是他在这里出生和结婚，大概因此人们俗称它为丘吉尔庄园。当然这并不影响它无与伦比的美丽与壮观。经过几百年的洗礼，当年的人工湖俨然已成为天然湖泊。蓝色湖水映照着参天林木，绿地森林掩映着金色宫殿，显得十分自然、优雅和宁静。丘吉尔的母亲第一次进入庄园时就曾说："看着那湖水、那桥、那高大古老的大片橡树园，我发现自己已无法用语言来表达敬慕之情。"

整个庄园占地一万三千多亩，相当于三个颐和园。参观宫殿后，我和卢刚在外面快速走了四十分钟，仅仅转了西南一个角。除了开车进园时看到的围墙，其余三条边都没有看到。假如有时间，我真想在这里待上一天，听鸟声风声，放眼宽广的草坪，欣赏百年古木，看水鸟不时飞落水面，以极耳目视听之娱。

2011年5月16日　星期一　假如我是反对者

洛伊索斯关于“组织与战略”的演讲有启发，但我也有疑问。如结尾时放的一段视频就有些意思。画面内容是两组人在传球，其中一组穿黑色衣服，一组穿白色衣服。给我们的任务是数一下黑色衣服组传了多少次球。结果全班二十多人，大多数说十四次。洛伊索斯问还有谁看到了什么，只有一人说看到了一只熊。老师问他数的数是多少，他说没有数数。这时老师让大家看第二遍，结果所有人都看到了一个穿黑衣服的人扮成熊穿过传球的人群，还在画面正中给大家打了个招呼。如此明显的画面为何都视而不见呢？洛伊索斯解释：人的注意力是有限的，当人们关注某一事物时，往往会主动忽视其他不相关的内容。这说明研究重要问题，如有人分别从不同角度关注思考，综合起来就会更全面，特别是重大决策一定要有提反面意见者参与。难怪一些国外机构、议会常常就某一问题吵得不可开交。

而对他讲的新加坡航空公司成功的案例，我正好有不同看法。案例说新航确定的是双向战略，即以低成本提供卓越的差异化服务。他们是怎样实现低成本的呢？以新式机型节省燃料，一般航空公司的机龄是十三年，新航是六年；通过提高劳动生产率、减少客户不喜欢吃的东西、用手动代替电动调节座椅等来降低运营成本；还有利用樟宜机场提高效率、办理网上订票等。这样使每个可用座位单位公里成本控制在五美分，而别人要十多美分。我看这几方面都有问题。新机型租赁费会高；生产率提到一定程度就无效了，员工不可能只干活不要钱；小的成本降低起不了大作用；机场效率别人也能用；电子订票很快就有人模仿。我怀疑新航得到了新加坡政府的支持。据说淡马锡是其大股东，是否提供了低价资本？假如我的反对意见有道理，洛伊索斯又能听进去，情况又会怎样呢？可惜没有机会讨论了。

2011 年 5 月 18 日　星期三　服务的要领是理解客户

牛博士以他的亲身经历和一段视频说明了银行服务质量是多么低劣。美国银行的一个按揭客户因还不起贷款，希望修改贷款合同，延期还款，但几经周折，最后惊动了一位议员出面交涉也未能办成。为什么？除了激励机制不合理、银行服务人员素质不高、复杂的组织架构淡化了人们不负责任而带来的愧疚感外，恐怕技术进步促使银行分工越来越细，整合客户服务的难度越来越大，也是一个不可忽视的原因。以电话服务中心为例，客户的需求千差万别，而对银行来说只能就一些常见的普遍性问题提供解决方案；而这些标准化的服务，又由于银行内部的专业分工而分成若干环节，客户很难便捷地获得简明的答案。建设银行目前的客户界面不统一、部门银行现象严重可能均与此有关。

如何解决？无疑需要长时间探索。但有一点是明确的、重要的，那就是从客户需要出发考虑设计内部管理。服务的实质是满足客户的期待。客户期待是基于个人需求、经验和银行口碑而形成的。银行的客户经理、柜台人员和管理层的工作目标就是了解、满足消费者的期待。而满足客户期待涉及众多方面，产品、流程、声音、颜色、有形、无形等。因而银行服务和创新改进是多方面的、长期的、经常的。我相信，面对如此复杂而无止境的过程，谁也无法保证做到最好，但只要坚持以理解客户为出发点，就一定能做得更好。

2011 年 5 月 19 日　星期四　不要自作聪明

同一产品在物理网点和电子渠道上销售，定价是不是应该不同？我们的回答是：“当然。”为了让电子渠道分流客户，我们总是让电子渠道的价格低于物理网点。如转账手续费，物理网点是 1%，最低收两元，最高不超过五十元；而用 ATM 是上述价打八折，网银是五折。第一直销银行（汇丰电子银行事业部）总经理艾伦的结论却不是这样，根据他的经验，二者应该一致。

英国金融服务监管局要求，只有不同产品才能有不同的价格，而不能按渠道定价。为了发展电子渠道，他们最初设计了专门的电子渠道产品，确定了较低的价格。原以为这样既满足了监管要求，又能吸引客户，但实际运营结果却不理想，客户增速不快，满意度也不高。调查发现，客户埋怨银行用不同价格逼迫他们选择渠道。经分析弄清了原因。第一，在客户看来，不同渠道并不表明成本不同。也就是说两者的价格差异客户是不认同的，反而让客户觉得银行在搞渠道歧视，阻止了他们利用柜台服务。第二，客户与银行打交道，需要自由掌控账户支配权。而不同渠道不同价格给客户的感受是，拒绝他们对渠道的自由选择，剥夺他们的权利。第三，客户自由选择可以自行分类，有利于银行控制成本。客户用上网银后，电话银行使用频率下降，通话时间延长。一般性问题客户会通过网银了解，只有遇到难题需要咨询时才会打电话。这样电话银行的质量提高了，成本下降了，给银行带来了更多机会。于是，他们将二者价格统一了，随之客户增速加快，满意度也提高了。英国银行业的满意度和推荐度分别为 60% 和 20%，而第一直销银行分别为 90% 和 70%。

建行目前正在清理设计收费价格目录，怎么从客户角度来考虑这个工作，对我们是一个不小的考验。从长远看，让客户感觉与银行打交道是愉快的，是受到信任和尊重的，可能比银行自身的战略制定更重要。用艾伦的话说就是：没有比了解客户更重要的，不要以自己的“聪明”办蠢事。

2011年5月20日　星期五　个性本无好坏

什么是“一分为二”？有很多说法，“寸有所长，尺有所短”“月有阴晴圆缺，人有悲欢离合”“磨刀恨不利，刀利伤人指”，等等。不过这些表述大多原则抽象，一遇到具体事就难以遵循和把握。约翰·丹顿的“个性如何塑造领导力”一课对此有更为具体的描述。

个性是什么？是一系列经过思考的有目的的行为。它无所谓好坏，因势利导，不走偏锋就好。

一个人直率、开放好不好？《增广贤文》说：“逢人只说三分话，未可全抛一片心。”说的是过分坦诚可能招致不安全，被别人抄了底。但约哈里之窗表明，人越开放越好。人们对自我的认识大致有四种情况：自己知道别人也知道的（开放区），自己知道别人不知道的（隐藏区），自己不知道别人知道的（盲区），自己和别人都不知道的（未知区）。注意自我表现，让同事更多地了解你，觉得你不是那种城府深深老谋深算的人，他们才更愿与你接触交流。经常与他人交流才能缩小隐藏区，才有机会通过别人的反馈发现自己的问题，缩小自我认识的盲区，共同发现未知的东西。

有人在遇到外部压力时容易紧张，举轻若重。有的人则轻松自如，举重若轻。哪种好？有压力感的人会认真应对，难感觉到压力的人则可能心不在焉，错过机会，或把事情搞砸。

一个人有抱负，可能更具领导气质，更注重成就，更有竞争力，但可能不善于团结人，不善于搞好与周围人的关系。缺乏抱负的人可能言谈不自信，上进心不强，但可能容易相处，善于协调关系。

小心谨慎可以降低风险，活得更长，但可能裹足不前难以创新，害怕批评，恐惧社交。

勤恳用功可能有组织，守纪律，坚忍不拔，但会追求完美，吹毛求疵，不善变通。

2011 年 5 月 21 日　星期六　凡·高的《向日葵》好在哪儿

凡·高的油画《向日葵》在国内艺术类教科书上出现得很频繁，也是很多人用来装潢的首选。它好在哪里？我一直未能明白。这无疑与我不懂艺术有关，但未曾见识也是原因。

昨天学院组织到伦敦参观丘吉尔战争纪念馆，下午自由活动。伦敦子银行的王群带我们几个去参观国家艺术画廊和大英博物馆。在艺术画廊我们见到了《向日葵》原作。乍一看也没感觉什么，甚至觉得花瓶的线条都不流畅。走了一圈回过头来再看，有了些感觉。它除了人们常说的大胆的感情宣泄与色彩运用外，我看最大特点是技法。画面的立体感可用透视法表现，也可利用色彩明暗来体现。《向日葵》还有一种不同的技法，即利用油彩的黏性进行堆积和将画笔垂直于画布向上提，来形成特殊肌理效果与立体感。特别是用这一方法造成的向日葵花心那种毛茸茸的感觉，让人感觉强烈生动。如果说创新是抛弃陈规重树标杆，是对已知的掌控和对未知的渴求，是一种生命力，那么凡·高作品的这一特点就是创新。

2011年5月22日　星期日　喝茶还是购物

我曾在伦敦一酒店的大堂看着英国人长时间坐在那儿慢条斯理地聊天喝茶，很不理解。原来这是英国的传统。下午两点学院安排了下午茶。与中国喝茶不同，除了茶还有糕点，主要目的是休闲、交流和满足少食多餐。学院很热情地准备了泡茶、四五种糕点和草莓等水果。按他们的传统一般要到下午三四点，而且是慢慢享用。可惜为了照顾大家去购物，喝茶时间提前了、压缩了。开始后不到半小时，去购物的出租车来了，大部分人不得不奔那一头去，剩下几个人也就不成气候了。

除了上周日和昨天下午，这已经是第三次安排购物。人们为什么有如此热情？最大的理由是在这里能以比国内低的价格买到真货。一件杰尼亚衬衫，在北京金融街卖三千多元，在这里就千把块钱，五千英镑的欧米茄手表比国内要便宜一万多。当然也可能还有从众的压力，别人买了你不买仿佛不合群。

既然如此，两个活动要是分开安排可能更好。

2011年5月23日　星期一　人们需要的是“理由”而非“理性”

“人是理由化的动物，而非理性化的动物。”格林特（Grint）教授在讲授“问题解决方案”一课时，举了很多例子来说明。例如：其十八岁的女儿准备参加同学的生日晚会，问他该穿什么衣服好。他说："你那件黑色连衣裙很好。"女儿说："不行，上次朱茜过生日我穿的就是这件，又穿它，人家会认为我没衣服。"教授反问："那上次朱茜穿的什么裙子?"女儿说："不记得了。"又问："那凯蒂穿的是什么?"答说："也不记得了。"教授解释说："是呀，你都不记得当时别人穿的什么，他们也不会记得你穿过什么。"女儿生气了："就你聪明，我就是不能再穿那条裙子了。"结果教授不得不给女儿买了条新的。

类似的事生活中俯拾皆是。当存款增长快而付息成本高时，我们会说自己的市场份额好；当存款不好，而利润、质量指标好看时，我们会说自己效益好。赞同某一事时可以天花乱坠，反对某一事时则可能罄竹难书。找理由来证明自己的行为是人类的一种共性，无论个人、家庭、公司还是社会，也无论是东方还是西方都是如此。这告诉我们，要解决问题达成共识，或者说服对方获得谈判的成功，不要局限于逻辑论理，而是要集中精力抓住对方需要的理由。诸如利益、面子、尊严、名声等，或是不这样做可能带来的危害。即使讲道理，也要让被说服者认为这个道理对他是有利的，否则，很可能是沟而不通事倍功半。历史上成功的案例多是如此。

伊丽莎白一世即位时，为了统一罗马天主教和英格兰天主教，没有长篇大论谈是非，只是强调一个国家没有统一宗教信仰，将带来争论、冲突和分裂的后果；而统一的教堂、祷文、目标有利于子民。同时给对方制造心理矛盾：一个人不可能同时服务于两位主人并对对方忠诚。

丘吉尔当时号召人民奋起抗战，也没有激扬文字，只是强调只有迎战并取得胜利，才能生存，只有生存才有一切。他在下院的演说，最有力管用的就是一个排比句："大家必须明白这一点：没有胜利，就没有英帝国的存在，就没有英帝国所代表的一切，就没有促使人类朝着自己目标奋勇前进这一世代相传的强烈欲望和动力。"

邓小平进行改革时，只是告诫大家不管白猫黑猫抓住老鼠就是好猫，只是强调发展是硬道理，而不是先论述姓社姓资的利弊。

2011年5月24日　星期二　品牌是什么　要什么品牌

我们一直在埋怨忧虑自己的品牌建设。造价咨询业务影响正在消失，住房贷款除按揭余额量较大已没多少优势，理财产品名目繁多但几乎没有给客户留下什么印象。眼下较一致的呼声是"统一管理"，将分散在分行和业务部门的品牌管理集中起来。集中什么？集中到哪里？回答大概是：集中广告、集中命名、统一形象。这显然不够。品牌管理专家廷波罗（Temporal）博士的课给了我们一些启发。

品牌不是一个名字、一个标志、一句口号。品牌是品牌拥有者和客户之间的一种情感关系，是消费者心中的一段经历。它涉及依赖、名声、质量、友情、忠诚等感情要素。品牌不像产品有寿命周期，它和特有技术一样是企业可以独占的优势，可以持续拥有。品牌的建立犹如人与人之间的感情建立一样，要经历一个阶梯式过程，即由熟悉到信息交流到关注到建立友谊到产生信任到倾向忠诚，最后达到合作共享。好的品牌可以让自己的产品与同业的区分开来，避免价格战和低价竞争，可以建立巩固的贸易联盟，留住和吸引优秀人才。

好的品牌一定有自己的定位和个性，有强烈的感情宣泄。如诺基亚是“联系”，耐克是“取胜”，迪士尼是“快乐”，万宝路是“力量和自由”，动感地带是“年轻时尚”，汇丰是“世界性地方银行”。品牌个性必须具有“一致性”和“内在性”，各种产品间要一致，前后要一致；在公司内部从上到下要渗透到每一件事情中，表达和承诺的事一定要做到。

大企业的品牌是一个统一的系列，可以分为公司品牌和产品品牌，产品又可分为主品牌和子品牌。好的公司品牌管理要求各者之间相互适应，就像一幅家庭关系图，各就各位关系和谐。

品牌建设具有两条至关重要的原则：从外到内和自上而下。建立什么品牌要到街上去找答案。Coach 每年花二百五十万美元考察消费者。英特尔雇用人类学家来研究人的行为方式。公司领导者担负着品牌战略和经营管理的主要责任，雇员、股东、决策者和消费者靠他们引导。

建行要建什么品牌？博士做了这样的诊断：从外面看，建行有很多口号，如“建设现代生活”“与客户同进步”“不断创新追求卓越”“关爱社会”。这些都是很好的表达，但整体上难得要领。如果这些能力都具备，而且能坚持下去，可以从中提炼四个基本要素——“现代、进步、创新、坚定”，以集中表达这样一种情感：成功。谁都希望成功，这一定是每个客户的内在诉求。怎么成功？建设银行可以通过自身的不断现代化、创新和坚定的信念来帮助客户进步、成功。

2011年5月25日　星期三　“COCO”的特点

今年2月17日，瑞信集团在国际市场上（英国）发行了一种名为COCO的或有资本。五年期固定利率7.875%，五年后每五年可调整一次。投资人利息收入免税。期限三十年，五年内发行人不能赎回。发行规模二十亿美元。发行订单规模达到二百二十亿美元，即十一倍超额订购。发行条件规定：如果发行人发生或有事件或者生存问题，债券可以全部转换为普通股。“或有事件”由瑞士联邦委员会规定，指瑞信银行普通股本充足率要达到10%，或有资本率为9%；当银行普通股资本充足小于7%时，或有资本要转增3%，小于5%时再转增6%。“生存问题”由巴塞尔委员会规定，指瑞信面临破产，失去偿付能力；或者是为防破产和失去偿付能力，政府提供了不可撤销的特别支持。转换价格为瑞信普通股前三十个交易日交易量加权平均股价与二十美元之中的较高者。

该种可转债通过增加资本对存款人提供保护，可以提高市场信心，减少政府负担，减轻银行筹资压力和资本成本，使监管要求实施具有可操作性，也增加了市场投资工具。

COCO 作为资本工具，中国可以引进。目前银监会在不断加强资本管理，但没提供资本工具。现行次级债银行间相互持有和不可能充当普通股，实质不具备资本意义。虽然规定了各行的资本充足率目标值和触发值却没有配套工具，一旦达到触发值，应如何补充资本，缺乏操作手段。

2011 年 5 月 26 日　星期四　改革为何成少败多

蒂姆莫里斯教授认为，世界上 50% 以上的改革都达不到预想的效果，原因有五个方面。其中有三点很值得我们反思借鉴。

第一是“尺寸变化”，即改革试验田与大面积推广尺寸变化使试验与实践不相符。如烤蛋糕，原料、工艺没有大的变化，仿照做小蛋糕的方法能做大蛋糕。而造桥梁就不同了，原理会发生变化。我们的改革往往是从试点开始的，在由局部推向全局时就有尺寸不符问题。城市行的组织机构专业化改革就不一定适合省级行。

第二是“J 型曲线效应”。大量统计表明，再好的改革，其绩效显现也是需要时间的，一般是改革后绩效下降，到低点后再回升。而人们常常对改革后绩效下降难以容忍，认为改革不成功，又推出新的改革，就这样一轮又一轮越改越糟。英国的国民健康制度1985年到2010年二十五年中进行了二十二次改革，最终回到原点，可谁也说不清这是为什么。

第三是配套不够。一般改革都涉及认识、目标和过程。这三方面从哪里入手关系不大，关键是要配套。参与改革的人要有基本的价值判断、认同的目标，改革过程要配套，否则容易失败。比如网点转型需要公众配合、人员补充、前后台流程跟进，如只停留在网点本身，效果就会大打折扣。

2011年5月27日　星期五　我与丘吉尔

这个说法有点作秀，有点附会，有点小题大做、大言不惭，不过我只是想记下让我与丘吉尔沾边的几件小事。或许它们与一个教育理念有关。

参观丘吉尔战争纪念馆时，馆长亲自担任讲解。据说他是我们领队的好友。进馆之前他领大家做了个小游戏：猜丘吉尔出任第一届首相的时间，分三轮，由年、月、日往后猜。由于前不久参观过丘吉尔庄园，大家都有些印象，年份和月份很快有人给出了答案。猜日期时，参与者少了，说法也不一。馆长说他来请两个人给答案，答案与准确日期最接近者得奖，奖品是一枚纪念章。被点到的第一位说“15日”，点到我时我说“14日”。馆长说我赢了，正确答案是1940年5月10日。我以为游戏到此结束，没想到还有下文。在参观作战指挥室时，馆长说：“这里的所有陈设都是‘二战’结束时留下的，只是空气中没有了丘吉尔爱抽的雪茄味。由于地方太窄，一般只能隔着玻璃观看。今天特别让大家进到室内，而且还有一个奖励，允许你们中的一位坐到丘吉尔的椅子上。这位就是刚才得奖的先生。”这让大家有些惊诧，让我有点激动。能接近实物参观已经很满足了，没想到还有这等待遇。桌上的公文夹、纸张墨水、老式电话，墙壁上的大幅作战地图，很容易让人想起“叱咤风云、金戈铁马、决胜千里、运筹帷幄”一类的词汇，想起那位拐杖不离手雪茄不离嘴、满脸坚毅与自信的盟军统帅。丘吉尔座椅扶手前端磨损严重。有人说那是戒指磨的，有人说是生气时抠的。不管原因怎样，反正大家看得很仔细，很上心。

告别晚宴上，主持人给大家赠送纪念品时，对每个人都有个简短的评价。轮到我时他说：“这个人就像丘吉尔，有胆识有智慧，坚定而自信。他总是注意把自己的团队组织起来，完成好每一件事情。他的发言总是富有见解，经常激起大家的讨论思考。当困难来临时，他勇敢地站出来面对。他的建议总是具体明了，能帮助我们改进工作。正是因为有了他，我们的培训才更加成功。这个人就是你们的班长许一鸣。”这个评价让我不好意思。实际上我没有特别做什么，无非是比较认真比较投入，因为我很喜欢这样的培训。校方的精心管理和学员的共同努力才是培训成功的基础。好在他对所有人的评价，除了基本事实，大多都有溢美之词。

在结业式上，主持人送我一个礼品，且坚持要我当众打开。解开缎带，撕开包装纸，是一本像砖头一样厚的英文版《丘吉尔传》。我很感激他的用心，我说："我非常喜欢您的礼品。我的英文不过关，但我会好好学习，争取看懂。"

提到这些，只是想说牛津大学的教育似乎有一个特点：多表扬和肯定。回想起培训过程，许多时候都是这样。学员无论提问还是答问，教授们都习惯用肯定赞赏的语气和词汇来回应，哪怕有些问题提得不是很恰当。这大概体现了人们所推崇的"拇指教育"理念，即以正面激励为主。大家都感觉培训效果不错，应该与此有关。至少它保证了大多数人以轻松愉快、积极主动的状态参与其中。

2011 年 5 月 28 日　星期六　告别牛津

紧张而充实、快乐却短暂的学习结束了。二十天除了收获知识，牛津的自然环境和热情友好，也给人留下了深深的印象和难以忘怀的纪念。

牛津位于泰晤士河中下游，地势平坦，土地肥沃，牧业发达。"牛码头"（Oxford）的地名就源于此。我们所在的地方，河网密布，绿草茵茵，林木高大，建筑古朴。河流宽阔地带常有学生练习划船，铿锵的桨声伴随着箭一般前行的划艇，给静静的河面平添了许多生机。仰望天空，总是蓝天白云，偶尔有阵雨，转眼又是晴天。空气洁净得一尘不染，连牧场边的木栅栏也像是刚擦拭过的一样。森林环绕草地是户外的基本布局。每个学院都有自己的后花园——森林围着一大片修剪整齐的绿地。牧场周围也总是林木环绕。牧场虽然都用铁丝或木栅栏围着，但大都有门有道可以穿行。人与自然和谐共处，也是这里令人惬意的一景。河岸边到处是野鸭、天鹅、大雁。如果你表现得很从容，还可以顺手摸摸它们的羽毛。只有那机敏的小梅花鹿对人敬而远之，不时从齐腰深的草丛中抬起头来张望，不等你靠近便飞越围栏消失在丛林中。每天课间和晚上大家总要争取时间在草地、河边走上一程，连最后一天也舍不得放弃。

关于英国人，我原来以为他们无非是绅士传统，没想到更富有热情和爱心。我们有一位学员因故提前回国，头天晚上项目主要组织者倪飒说要给他送行。这位学员有事去剑桥回来较晚，我以为打个电话说说就行了，没想到他一直坚持等着，直到十一点见上面，送上精致的小礼品，又唱了一首他自己填词的歌才离开，而第二天一大早他自己还要赶飞机去美国。有位学员走错了路找不到上课的地方，当地一年轻人主动请他上车，送到本科学院门口后发现不对，又送到在职培训中心，直到确认无误后才离去。有三位学员恰好在这期间过生日，校方每次都准备好蛋糕，组织大家庆贺。有学员病了，学校选择了当地最好的医院，当晚一位老师忙活到凌晨四点，第二天又陪我们去伦敦访谈。副院长怀特还亲自送去鲜花进行探视。昨天晚上学校在三一学院组织了庄重热烈的告别晚会。无伴奏小合唱队的高水准演唱、丰盛的传统晚餐和给每一位学员精心准备的礼品，无一不体现主人的热情周到。为了表示谢意，作为培训班班长的我代表全体学员做了简短发言，除了汇报学习收获，我也提到了上述事实。最后我说：“中国人一向尊师重教，我们有个说法叫作：一日为师，终身为父。从这个意义上讲，牛津的老师是我们永远的朋友，牛津大学就是我们的母校。愿上帝的光辉永远照耀我们的朋友和母校。”引起双方共鸣。

巴西日记

建设银行巴西子行2014年成立以来，连年亏损，不良率高企，资本充足率突破监管底线。总行要求进行系统研究，拿出解决方案。让我带队先行调研。2017年2月20日至2月28日，我带相关部门十多人在子行现场研究十天后提出了方案。这个日记基本记录了方案的形成过程及内容。

2017年2月20日　星期一

乘国航到法兰克福转汉莎航空公司航班，经过两个十一小时的飞行，早上六点到达圣保罗。

国航777的椅子改进了，和汉莎的747－8一样能放平。头等舱服务水平都不错。旅途感觉比想象的要好一些。国航八个头等舱好像就我一个人，一上飞机服务员就让我坐前排。汉莎八个头等舱全部坐满了，客人都年龄较大。由于语言不通，有些不便。如空调很凉，一坐下来我就想要被子，但服务员一直在按程序忙别的。好一阵了过来给摆碟盘，我示意不要这些，需要的是被子，他才赶紧从前面柜子里取出雪白的厚被。到达圣保罗天刚蒙蒙亮，东方天际一片殷红，甚是漂亮。地面灯火如昼，公路上已有不少车辆在赶路。我觉得这个城市应该很有活力。但在去酒店的路上，张希他们讲述的多是这里的治安状况很差，马路抢劫、警匪混战是经常的事。国内来这里的很多人被抢过，有的还被枪击。街上不能打电话、戴手表、照相。弄得我午饭后在酒店边走一小圈，中途发现带着手表，赶紧取了。

下午与子行全体中高层座谈，听取情况。参加会的除高管外，大部分是本地员工。从办公地的布局环境和员工的精神状态看，还像个有点实力的银行。在两个小时的汇报和询问后，我讲了半个小时。主要是肯定成绩，指出问题，说明来意，鼓励大家同心同德做好这次调研，制订好切实可行的帮扶方案。

2017 年 2 月 21 日　星期二

从昨天下午开始，与子行沟通讨论信贷资产、递延税资产等情况。感觉部门负责人对自己负责的业务还是比较熟悉的，有思考有观点。大体判断，资产质量出现问题除了受巴西经济下滑影响，子行交割后信贷业务向大中型客户转向太快也是重要原因。近年来业务有改善，质量有提高，说明转是对的。如果能坚持下去，巴西经济慢慢好起来，加上总行的帮扶，克服递延税资产的影响，走出困境不是不可能的。

2017 年 2 月 22 日　星期三

上午去看了一个同业的网点和我们自己在市区的一个网点，与网点负责人交流。我们的网点门面很好，面积大，位置佳，视觉效果好。但效率可能不高，空间利用率低，客户经理可能观望要多于实干。网点附近有个大公园，面积很大，里面巨木参天，还有个不小的湖。中午在附近的广东饭店吃了饭后到公园走了走，人不多，更没有什么商铺与叫卖声，感觉很适合散步。下午听摩根士丹利的经济学家讲巴西的经济前景，其研究很乐观，预计今年经济增长有 1%。之后讨论明天去央行要谈的事。晚上小组成员与子行高管层一起吃巴西烤肉，觉得质量较高。这里的牛肉、饮品，国内无法提供。

2017 年 2 月 23 日　星期四

今天的工作有点成就感。上午去圣保罗央行沟通递延税资产问题。分管副行长和部门四人（相当于中国银监会副主席和监管部门负责人）出面，谈了两小时。提出五个问题，即递延税资产由分十年消化延长为十五年；五年中有三年亏损的条款中的首年由 2014 年改为 2015 年起；支持子行资产簿记到中国；递延税资产七百二十天后开始扣资本等期限延长；将子行牌照改为分行牌照。前三个对方当即表示同意，第四个问题，同意子公司提出申请后研究，只有第五个不能同意。谈判中我注意了一些技巧。其中最有意思的是把子行比喻成一个生病的人。我说：内马尔是巴西的足球英雄。有一天他受伤了，教练是该加大训练强度，还是应该让他休息治疗呢？显然是要让他休养生息。建行巴西子行现在就是个病人，监管部门应该适当放宽标准，帮助它走出困境，而不是简单地使用严苛的资本监管标准对待它。这一下子就确立了讨论理解的基点。他们自己都说，要把建行子行当成一个特殊案例来对待，不仅要让它休息，还要给它服药。下午分别找四个外籍高管和一位外籍中层单独谈话，又获得了一些有益的信息。如资产质量出问题主要是收购前的公司发放贷款没有认真审批；中方员工人力费用占比较高，十七人占费用7.8%，等等。

2017年2月24日　星期五　阴雨

昨天下午开始与外籍高管、中层负责人和内派员工单独谈话。已经与五位外籍高管和部分部门负责人、两位外籍董事及五位内派员工谈了话，了解到了一些细节和具体情况。如收购前的银行信贷管理没有健康的程序，而是老板一人说了算；巴西市场上农业、电力、基础设施建设等还是有好业务可做；所有方面对建行的品牌、子行的发展都很有信心，充满期待；我行在国际化建设方面还有很多需要改进的地方，如员工本地化、统一簿记中心等要好好向工行、中行和华为学习；内派员工在个人与家庭生活方面都面临不少困难和矛盾；等等。

2017年2月25日　星期六　晴

昨天下午四点多，大家一起去一家有名的宝石商店参观。

最初我没有任何购买意愿，因为不懂也没有任务。完全是抱着见识见识的态度参加的。店面不大，转一转也就没什么看的了。但女孩子们却是围着柜台，饶有兴趣地欣赏比对试戴，不是什么买不买的问题，而是看如何能买到心仪又便宜的戒指、耳坠、项链。虽然没打算买，但一进门就看到的那颗水滴状蓝色项链坠却总在脑海里出现。我跟同事说，看了这么久，还就是门口那个不错。同事让我带他去看看，看后就说好，建议我买。我忽然也觉得应该买，就这样决定了。价钱是三万三千九百三十美元。为什么要买呢？大概有这么几个理由：一是这个宝石吊坠造型优雅大气，颜色质地高贵。他们说，这个宝石叫海蓝宝，产自巴西，是宝石里最好的一类，电影《泰坦尼克号》里的海洋之心就属于这个系列。二是好不容易来一趟巴西，光机票就十多万，这样的机会应该利用。据说因为关税等原因，同样的宝石在国内买，价钱要贵30%—50%。三是我们家还没有珍贵的宝石，可以补缺。而且志宁戴了可以给宸诚，给海蒂，实现“宝石恒久远，一颗永流传”。

2017 年 2 月 26 日　星期日　晴

早上起来，在阳台上拍了三张照片发到“新联合国”圈里，并且补了下面这段文字：上面是刚才在我住处阳台上拍的圣保罗市景。这里现在是夏天的早上。天空透亮，看不到雾霾，气温也不高。路上行人稀少，十字路口甚至没有车辆通行。本来这个城市是很堵车的，情况比北京还要差。近四天是狂欢节，人们都外出度假，市区几乎空了起来。圣保罗相当于中国的上海，高楼林立，人口密集，生活方便。如果没有治安之患，生活在这里应该是不错的。

早饭后十点钟，张希他们安排我们去市区北部的一个森林公园。进公园往山上走个把小时，有一块巨大的石头，站在石头上可以看到圣保罗市区的全景。天空透蓝，能见度很高。远处逶迤的山脉，眼前鳞次栉比的高楼，尽收眼底。这个位置大概相当于北京香山的“鬼见愁”。可惜从“鬼见愁”看北京市区，那是朦胧混沌一片，什么也看不清。从石头处下山，又找了一条土路向原始森林里走了四十来分钟。走在参天大树下的泥土路上，空气湿润清凉，感觉特别舒服。断断续续能碰到一些游人，他们三三两两，大部分是一家人，还有不少小孩。

2017 年 2 月 27 日　星期一　晴

上午与张希、姜永东谈话，了解他们作为中方内派高管对子行的总体看法判断。下午召开工作小组及内派员工会，请大家谈看法与建议。至此，我的总体判断是，要办好子行，总行必须增资、剥离原有不良贷款、给予其他增收帮扶；同时子行必须保持有高质量的贷款投放、争取低成本结算资金、发展收费业务、收缩机构和人员以降低经营成本、处置和清收不良贷款。财务底线是 2017 年减亏，2018 年盈亏平衡，2019 年盈利。但目前的测算结果还是连年亏损。我提出了子行需要努力的几个方面，晚上他们再研究，明天看结果。

2017 年 2 月 28 日　星期二　晴

上午工作组还在测算数据。十一点我去会议室听他们讨论了一会儿，跟子行商量的数出来，比昨天靠近了底线，但还是有一定差异。由于时近中午不能再讨论了，我与大家讲了讲我对一些重要问题的判断结论及工作方案的要求，问了问有关数，让大家补充了一些看法。回北京后我准备安排一次会议，请庞行长、朱书记及随他再来子行的人参加，依此报告我们的工作结果。至此，工作小组在巴西的工作结束。下午两点由酒店出发去机场回国，六点多的汉莎航空公司航班飞法兰克福。

2017 年 3 月 1 日　星期三　阴

乘汉莎航空公司航班上午十点到达法兰克福。候机六小时，大家都去购物。志宁让我买菲仕乐奶锅，没有货。下午六点再乘同一公司的航班飞北京。利用休息时间，写了个微信，下飞机后发到巴西工作组群里。如下：

各位同事大家好！现在是北京时间 3 月 2 日早上，我们一行顺利到达北京。在总行工作组和巴西子行的共同努力下，我们的帮扶研究工作已经取得阶段性成果。此次赴巴西现场研究，完全实现了我们当初提出的“高高兴兴出门，扎扎实实工作，快快乐乐生活，平平安安回家”的愿望与要求。为了建行的发展进步，我们团结进取日夜兼程，未来我们将一如既往努力前行。衷心感谢各位组员的艰辛付出与配合！衷心感谢巴西子行的通力合作与帮助！再见！

欧洲日记

一行六人去瑞士、爱尔兰、英国，与投资者沟通公司业绩，拜访当地监管者和大客户。感觉既是工作也是学习。

2018 年 4 月 11 日　星期三　晴

飞机下午两点从北京首都国际机场出发，经内蒙古锡林郭勒进入外蒙古，飞越乌兰巴托进入俄罗斯，经过莫斯科、明斯克、华沙、布拉格、纽伦堡上空，到达瑞士苏黎世。全程七千八百公里，飞行时间十一个小时多。这一路，地面景色差异不小。莫斯科西北，人烟稀少，白雪覆盖着道路、房屋、农田，除了森林，其他几乎都是白色。莫斯科再往西南，雪就渐渐没有了，人口密度也大起来，可以看到成片的房子。这一路植被都很好。平原、丘陵、山地都被森林覆盖，除了部分农田，很少看到裸露的泥土。瑞士就更漂亮了。农田、山林、草地交织，蜿蜒曲折的道路穿行其间，连接彼此。苏黎世比北京晚六小时，到达时，当地时间是傍晚七点，太阳还没有下山，气温十九度，与北京差不多。瑞士分行龚伟运等人接机，安排到世界足联餐馆吃晚饭。餐馆位于山头，由此可以看到苏黎世全城。城市不大，呈长条形。中间有个大湖，房子都盖在湖两边的山坡上。除了路灯和房子里的灯光，没有任何装饰性灯光。街道上没什么人，车也很少。整个城市显得很静谧。

2018 年 4 月 12 日　星期四　晴

瑞士是一个花园式城市国家。昨天在飞机上发现，它就像一个巨大的高尔夫球场。山峦起伏，森林草地覆盖其上，河流湖泊点缀其间，白色的道路蜿蜒曲折穿过草地。成片的村庄坐落在山坡、河边，很少有零星散落的房子。目光所及之处，看不到挖开的山头，看不到荒凉的土地。偶尔能看见灰白色的地块，像零星出现在球场上的沙坑，那是尚未播种的土地。现在还是初春时节，植被才刚刚返青。据说，八九月才是这里最好的时候，大地将呈现五颜六色的景象，如同披上节日的盛装。

今天上午拜访瑞士央行主席乔丹先生，与投资者沟通 2017 年业绩，到苏黎世分行调研。下午去看了一家当地的小食品厂。该厂生产巧克力、面包等，以巧克力为主。主人很热情，带我们参观了生产流程，拿出各式巧克力让大家品尝。原来瑞士的巧克力是世界上最丰富最好吃的。他们大部分以小作坊的方式生产，品牌很多，各有特色。一般都是前店后厂，满足本地需要，不追求国际大品牌。

2018 年 4 月 13 日　星期五　晴

上午去巴塞尔，主要是拜访两家大客户——先正达和罗氏集团。他们都是世界上很强大的企业。前者生产农药和种子等，后者主要研制生产抗癌药品并提供医疗诊断。在王行长见先正达 CEO 时，我与罗氏的 CFO 西坡博士已交谈了。他们对中国医药市场与金融市场很感兴趣，曾于 1926 年时入中国，目前在北京、上海、广州都设有办事机构，建有大型医药生产基地。我觉得利用我们的网络可以为他们提供系列服务，并表示愿意牵头促进。后来王行长见他们 CEO 时也说此事，并让我牵头做好协调。下午到伯尔尼，拜访瑞士财政部长毛雷尔先生。财政部负责银行监管。伯尔尼是个很小但很古老的城市。瑞士的首都不在日内瓦，也不在苏黎世，而是在这个小城。伯尔尼有八九百年历史，其中现在还保存着很多五百年前的建筑，是世界文化遗产保护地。有像厦门的老街一样的骑楼，下雨天也不用打伞。这里的人生活节奏较慢，很少看到行色匆匆的。一条大江流经城区。江水很深，流量很大，清澈见底，但流速不急。这似乎体现了这个城市的特点——有底蕴。在下榻的酒店能看到这条河，还能看到远处阿尔卑斯山上的白雪。

2018 年 4 月 14 日　星期六　晴

周末没有任务，大家一起到酒店附近的集贸市场看看。市场就在联邦议会大厦前的广场上。昨天还是空旷无人的广场，今天就变成了琳琅满目、熙熙攘攘的市场。附近的农民或者生意人，把自家的蔬菜水果、花花草草或者从别处采购的物品拿来交易。摊位不收费，只需事前申请。虽然是农贸市场，但跟国内很不一样。蔬菜干干净净，似乎拿回家就能做菜。地上也干干净净，没有一片菜叶子，当然更没有什么异味。

由伯尔尼回苏黎世机场，途径小镇卢塞恩。这是一个有名的旅游胜地，能近距离看到阿尔卑斯山，很多国人到瑞士旅游都会来此。镇前面有一个很大的天然湖，湖水像海水一样呈深蓝色，干净透明，水温较低，应该是阿尔卑斯山积雪融化而来。据说瑞士有很多河流，有成千的湖泊，所以有“千湖之国”之名。

2018 年 4 月 15 日　星期日　雨

昨天下午飞到爱尔兰都柏林。今天是星期日，除了晚上拜访大使馆，没有其他任务。上午去都柏林南部参观吉尼斯（吉尼斯世界纪录是其子公司）啤酒厂和一个家庭牧场，下午回到市里参观三一学院图书馆。三个地方都各有特色。吉尼斯黑啤在爱尔兰久负盛名，品尝后感觉口感细腻，味道醇正，有特别的香味。之所以叫黑啤是因为它呈黑色，之所以黑是因为酿酒的麦子被烤焦了（烤温达到二百一十三度）。酿酒的原料主要有四种：麦子、酵母、水和啤酒花。我原来以为啤酒花就是啤酒沫，其实啤酒花是一种植物花。将它添加到原料里，具有保鲜和增加香气的作用。在牧场，主人介绍了牧场的情况，领我们参观了牛舍。牧场主人两口子养有四个儿子，老大老二在市里做律师，小儿子在奶制品协会工作，主要负责牛奶销售。一千多亩牧地，一百二十头奶牛，除个别时候雇用短工外，全由男主人和他的第三个儿子打理。出售牛奶、小奶牛是主要收入来源。一年一头牛大致能收入三千多欧元。在家里主人给我们品尝了鲜牛奶，这一喝才让我知道了什么是真正的鲜奶，不浓不淡，口感润滑，没有一点腥味，喝完后还有吃肉般的回味。这可能主要得益于牛吃的是天然牧草。后来在中国驻爱尔兰大使馆了解到，爱尔兰的牧场很多，有天然的好草，所以这里的牛肉和牛奶都是世界上数一数二的。他们很希望向中国出口。我们正吃饭时，商务参赞接到电话，给了大使。大使接完电话回来说，是爱尔兰农业部门的电话，希望我们的市场准入尽快落地。三一图书馆已经有三百年历史，里面的藏书可谓汗牛充栋。藏书楼里，中间是圆拱顶过道，两边是两层楼高的书架。从地面到屋顶，所有书架上都是密密麻麻的古籍。由此你可以立马觉得，爱尔兰人并不是粗俗的牧人，而是具有丰厚的文化底蕴、强烈的精神与科学追求的人。难怪这里出了四位诺贝尔文学奖获得者。

2018 年 4 月 16 日　星期一　阴雨

上午分别与投资者和 AerCap 租赁公司会谈。下午飞往伦敦。两家投资机构共有三个人参加。问的问题主要有：成本控制、利差走势、资管新规影响、存款定价等。AerCap 公司是目前世界上最大的飞机租赁公司，平均每天有一笔交易，或购买或出租或出售飞机，年利润十一亿美元。他们引以为豪的是，全面充分地掌握了飞机租赁市场信息，包括技术发展方向、哪里需要什么样的飞机、价格走势等。这就如同投资房产一样，需要知道什么地段什么户型的房子有升值潜力，市场价格行情，不同客户需求特点等。我原来在建信租赁公司任董事时，美国银行的专家说，飞机经营性租赁的核心能力是残值处理，看来不一定对。该公司的残值处理收入只占全部收入的10%，而且一般不会等到飞机不能用了才来处理。飞机的使用年限一般为二十五年，他们通常在十五年后就会卖掉。

2018 年 4 月 17 日　星期二　晴

上午两场投资者见面会。第一场是挪威央行，一对一。第二场是一对多，有二十来位投资者参加。讨论了一小时四十分钟，还有人想提问。中午简单吃了些东西，顺道去工厂店看衣服。这样的购物地原来很有吸引力，卖的都是品牌货，又有很大的折扣。现在已经没多大吸引力了。人不多，买的更少。傍晚到城市机场乘飞机前往爱丁堡，七点半起飞，八点半到达。在路边一家中餐馆吃饭。我喝了三碗稀饭。入住 BALMORAL 酒店（也叫 ROCCO FORTE 酒店）。

2018 年 4 月 18 日　星期三　晴

来苏格兰前，印象深刻的是苏格兰牧羊犬和男人穿裙子。

满以为这里到处是款款而行的牧羊犬，到处是穿裙子的男人，事实上这两者都难觅踪影。除了上了年纪的酒店门童穿着大花格裤子，个别在街上卖艺的穿着裙子，没有看到一例穿裙子的。至于牧羊犬嘛，恐怕还不如在金融街容易看到。熟悉情况的当地人说，裙子是苏格兰的民族服饰，像中国的唐装、中山装一样。牧羊犬也只是个名字。在爱丁堡，我们不知道但很有名的古董很多。我们去拜访的客户标准人寿就有近两百年了，公司资产达三千亿美元，管理的资产超过九千亿美元，1847年就在中国上海设立机构。我们入住的酒店 BALMORAL，建于 19 世纪初，是当时的火车站酒店，也是现在网上排名较靠前的酒店。与酒店毗邻的火车站依然是爱丁堡的交通枢纽，从酒店窗户可以看到车站的天棚。后来我专门去看了一眼，上下三层，人流如织。爱丁堡的房子几乎都用石头砌成，随便一幢都是百年以上。保存完好的爱丁堡古城，被联合国作为人类文化遗产保护。

2018 年 4 月 19 日　星期四　晴

行程即将结束，任务全部完成，准备晚上乘机返回北京。上午先去酒店不远处的一个山头俯瞰爱丁堡全城，参观爱丁堡古城。之后到车程一小时、位于爱丁堡东北方向的圣安德鲁斯走马观花地看了看。这里是高尔夫球的发源地，现在依然是全球高尔夫球赛的重要场地。高尔夫球爱好者多以到这里打过球为荣。我们站在十八洞果岭旁看了一会儿，有三拨人在这里打完收杆。让这个小镇出名的另一原因是圣安德鲁斯大学。学校没有围墙，没有校园，没有大门，校舍像民房一样分布在镇上。按我们的概念判断，这根本就不像一个学校。但就是这么一个大学，却有六百年历史，培养了不少诺贝尔奖获得者和世界名人。威廉王子和凯特王妃都毕业于此。

加美日记

2018 年 6 月 7 日

下午两点半，乘海航航班飞往多伦多，当地时间下午三点半到达。飞行时间不短，但感觉轻松。飞机是波音梦想 787，机舱宽敞漂亮，飞行平稳，座位舒适，服务周到细致。舱内的公用灯光，都采用间接光源，既明亮又柔和，每个座位还有可自我控制的床头灯和头顶阅读灯。座椅、舷窗、行李箱、顶棚，线条衔接流畅自然。深红色的地毯、门帘，灰色座椅底，乳白色的机身，颜色搭配让人赏心悦目，显然是精心设计过的。舷窗没有遮阳板，通过按钮调节光线。当有太阳强光照射时，将按钮指示灯按至灰色，窗户玻璃便变成了深紫色，把阳光挡在外面。卫生间洗手盆的质地与颜色让人感觉它有不沾水的特点，用过后不用擦拭就像干的一样。在安静平和的氛围里，穿着白底青花旗袍挽着发髻的服务小姐，面带微笑穿梭在过道上，用温和的声音、娴熟的动作，为每一位客人端茶送餐，收拾餐具，发放小棉被。舒适的环境应该是减轻旅途疲惫的重要因素，这是商务舱。我去看过经济舱，也比以前宽敞。记得二十年前第一次去美国，乘坐的是美国联合航空公司航班，四个人挤在一排，脚也伸不开，服务就更不如现在这个水平了。为了做纪念，当时我们还偷偷地把印有两个U标示的金属刀叉藏了好几把带下飞机。估计现在谁也不会有这个冲动了。

二十年发生了多大变化！这一切是怎么来的？是谁创造的？海航？中国？美国？我想都不是。是我们，是我们每个人自己。据说，现在世界上没有哪一个国家能独立地造一辆汽车。我相信这个结论，用到飞机上也同样成立。这个飞机全是波音公司造的吗？是，也不是。你是一个炼钢工吗？这个飞机上说不定有你炼的那一炉钢。你是一个机械制造工吗？这飞机上可能有你生产的螺丝。你是一个材料学专家吗？这飞机可能就用到了你的专利。湖南的粉末冶金研究所早年就为波音生产过刹车片。除了制造，舱内装修可能也有专门的公司，就像盖房子与装修房子的分工一样。服务小姐都是海航的吗？可能也不是，至少她们的训练可能来自专业机构。就是飞机上的食品也可能来自五湖四海。如果你是一个种养大户，飞机上吃的可能就有你种的蔬菜。是什么力量把分布在全球各地的聪明才智、能工巧匠和劳动成果聚集到了一起？是商人、公司、国家吗？是，也不是。核心力量是市场，是人类共同探索建造的市场机制。公司、国家、研究机构只是市场的参与者。没有市场，无论什么样的国家、公司都创造不了这个飞机和这个服务。市场的力量既然如此美妙有力，那为什么还要搞关税壁垒、贸易大战、技术封锁呢？是的，这些做法没有多大意义，也不可能久而为之。我相信，相对于市场，这些东西就如同飞机下面浩瀚的太平洋上的一道波纹、一朵浪花。它是必然的，但阻挡不了滚滚洋流，影响不了多姿多彩的海洋生态，隔断不了天地间的水汽循环。为了美好生活，学会尊重、利用市场机制吧，没有什么比它更有力量，更有效率，更能解决难题。

2018 年 6 月 8 日

初见多伦多，大致有五点印象。一、这是一个多树的城市。飞机落地前从舷窗往外看，没有多少高楼，倒是看到一片片黑色，我以为是天阴的缘故，细看是森林。在市里面，从高处往下看，一片片茂密的森林就像公园，绝大部分房子都掩映在树林里。我们去一个城中公园散步，那里高大茂密的森林、清澈的溪流、宽阔的草坪，让我对这个城市顿生留恋。二、这是一个多老年人的城市。机场的廊桥上、过道边、行李大厅随处可见轮椅，就像北京首都机场的行李推车一样。熟悉情况的同事告诉我，这是专为上了年纪或其他行动不便的人提供的，只要提出申请就能用。入关时看到不少长者或者是身体发福的人坐在轮椅上通关。三、这是一个淡水资源极其丰富的城市。城市南边是安大略湖。这个巨大的淡水湖，湖面浩瀚，湖水湛蓝，让你误以为是大海。四、这是一个华人居多的城市。等待入关的队伍中有不少华人面孔，入境检察官也有华人。中餐馆似乎到处都能找到。水煮鱼、孜然牛肉、无锡排骨、炝炒包菜、芥末凉菜、川北凉粉、天津包子等，甚至比北京的做得还要地道。有的商场、饭店门口摆着支付宝、微信支付的牌子，有的公共场所还有汉语路标。五、这是一个慢节奏的城市。车速普遍都慢，不少路段限速四十公里。高速公路上的汽车像流水线上的工件一样缓慢前行，谁也不抢道变线。一餐饭要两三个小时。待你上桌后，先上来一杯水、一篮子面包，然后就没有动静了。个把小时后才开始上第一道菜，等到菜上齐，吃完走人，两三个小时过去了。工人干活是典型的磨洋工。倒一个车至少要三个人才成，一个开车，一个指挥，一个招呼行人。银行发展也不讲究快。我们去拜访了当地一家大银行——帝国银行（CIBC）。该银行已有一百五十年历史，但资产总额不过两万亿人民币，相当于国内近年发展起来的一个中小银行。我问他们的首席财务官，怎么看待发展迅速的金融科技？他说，我们在与一些科技公司研究探讨，但还没有成规模发展的计划。我们要看客户的需要。客户最看重的是我们一百多年建立起来的信誉，这个不能丢。

后来我查了一下资料，有不少数据还真是支持我的上述判断。多伦多的绿荫覆盖率是全球前十大城市之一；六十五岁以上的人达 17%；加拿大有一百四十万华人，其中一半在多伦多，占当地人口的 10%；安大略湖蓄水量超万亿立方米，相当于二十五个三峡。

2018年6月9日

由多伦多飞往纽约。飞过安大略湖后，下面是大片农田。方块形的地块组成棋盘型地貌，中间有绿色植被间隔。再往南便是山地森林。林木越来越密，越来越黑。有一大片地方，几乎看不到任何土地与厂房，只有一些民居散落在树林里。我想，这些人住在这样人烟稀少的地方，没有土地耕种，也没有工厂可以上班，他们吃什么呢？再往南，树木慢慢少了，房子渐渐多起来。接着是大片大片的房屋，树木只是装饰了。忽然一大片高楼出现眼前，曼哈顿岛上以帝国大厦为代表的高层建筑就在脚下。呵，到目的地了。一个多小时飞行看到的地面景象，俨然就是一个产业分工的沙盘模型，让我对产业分工、城镇化有了更现实的理解。农业是人与自然的结合，人们需要在土地上作业，无论是种植还是养殖，作业面都不可能叠加起来，需要大的空间。工业是人作业于原材料，生产形式可以组成紧密的流水线，作业面可以叠加，空间可以大幅压缩。服务业处理的是人与人、人与物的关系，集约才更有效率。这就是产业空间布局的原始特征与要求；这就是城市化的必然。三者的生产方式有着巨大差异，但它们之间分工合作，谁也离不开谁。城市是服务业的聚集地，但它离不开制造与农耕。住在树林里的人们一定是在远处的工厂或者写字楼里工作，而不管是工人还是服务人员，又都必须有农民种养、供应粮食蔬菜才能生存。这种空间布局涉及人财物的频繁交易与流动，形成了极为复杂的关系，只有通过市场的不断探索、修正才能实现，才能恰到好处地连接起来。没有市场的分工协调，就无法形成良性互动分工布局。我们在不遗余力地推动城镇化和疏解大城市功能。有成功也有失败。诸多成败的因素，最为基本的就是看你是否重视利用市场这一因素。资源禀赋、人文历史、政策手段，离开了市场机制终将是一盘散沙，无能为力。

2018年6月10日

今天是星期天，去参观西点军校。西点军校位于曼哈顿西北一小时车程的地方，坐落在优美的环境中。一侧是哈德逊河围绕，一侧是青翠山峦环抱。曾几次到纽约，我都想去看看这所著名的军校，但一直未能成行。这一次有人建议去，我欣然同意，一路上想着教学观摩、学员活动一类的画面。到达目的地，下得车来，先看了一个免费展览，然后买了门票，乘校车进校园参观。一位退休教官模样的男士负责讲解，态度和蔼，表达也比较清楚，但介绍的主要是学校的历史、地理位置、招生特点、橄榄球成绩等，远不是我想象的样子。加上时值放假，校园里几乎看不到学员的影子，更不用说什么操练了。一个多小时结束参观，除了美丽、干净、整洁的校园，没什么其他深刻印象。倒是在校门外展览馆看到的那则校训——责任、荣誉、国家，让我觉得很有点意思。一个人必须先有责任感，对自己负责，对家人、同事、朋友负责，才有可能把事做好。然后才是追求荣誉，力争做事更主动，更有质量。再其次才是更高更大的目标，那就是为族群、为国家服务。中国传统的“修齐治平”思想似乎也是这个逻辑。

回到城里时间还早，我提议去看一下华尔道夫酒店，因为它很有声望，见证过无数重大历史事件。曾有众多国家元首在这里下榻，包括我们国家的多位前领导人。我也曾在这儿住过一晚。这样一家响当当的酒店前年却被安邦保险集团收购，然后听说烂尾了。我想去看个究竟。走到附近才发现华尔道夫原来是一个很大的建筑群，独立地占有一个街区。眼下酒店临街的四面全是脚手架，但没有任何人施工。我们在脚手架下穿行，围绕它转了一圈。只见门窗紧闭，有的门窗玻璃已被砸坏，用木板挡着。屋内有昏暗的灯光。西侧有一道小门可以进去，里面有人值守。从门缝里可以看到，一些柱子、地面被砸开，一片狼藉。我问同行，这样的项目后面该怎么弄？没有人能给出积极的答案。这是私人物业，只要不对公众造成危害，无人投诉，法律就没法干预，政府也不能出手，当下市场上恐怕也没有人接手。这个残局只能等待时间来收拾。到时候可能有人拿下，拆除重建。因为这里的土地是值钱的。置身现场，听到这样的结局，未免让人感觉不是滋味。这让我又想起西点校训来。如果吴小晖讲究责任与荣誉的话，他当初应该不会与万豪酒店集团去竞争，花一百三十亿来收购这样一个他不熟悉的物业。而如果当时万豪收购成功，由它来管理，这里可能还会延续昔日的繁华。可惜了华尔道夫那百年辉煌历史，可惜了那几幢高耸入云的古典建筑。

2018年6月11日

今天拜访的两家客户，恰好都是房地产商。一家是位于曼哈顿南部的上海建工美洲公司，一家是靠北的沃纳多房地产公司（VORNADO）。前者是中资企业，到美国打拼也有二十年了，最初是以建使领馆进入美国市场的。后者是美国本土老牌大地产商。应该说这两家公司是具一定代表性的。由它们的情况可得出美国房地产业的三个印象。一是政府管得多管得细。房地产开发再开发，从规划、设计、施工、用材、质量、定价、销售、环保等，各个环节都有相应的法律规范和报批、报备要求。这些要求会形成文件。文件一旦形成便具有法律效力，后面的操作都必须照章办事，否则就容易吃官司。例如容积率怎么计算？这涉及空权问题。曼哈顿建房是不限高的，但不是你想盖多高就多高，而是只能建在以法律形式确定的一定空权范围内。否则你的楼盖高了，把人家的光线挡住了是不行的。还有公摊面积、地面商铺可利用街道的系数等都影响容积率。按这些要素计算出来的容积率与建筑面积，是可以作为买卖或租赁交易依据的。二是以老旧房改造为主。在曼哈顿岛上，很难看到新建大楼。如果有也是把老楼扒了，在旧址上重建。我们去拜访摩根大通银行时，接待我们的职员首先谈到的就是他们正准备搬家，现在这个五十层的办公楼要拆了，规划用五年时间重新盖成七十层的大楼。在我看来，这个钢结构还铮亮的楼拆了，多可惜呀。可人家就准备这么干。据说是，新增加的面积出租，不要多久就能补偿拆迁成本。沃纳多公司自己的办公楼，也是买的旧楼改造装修的。他们的项目也主要是老楼盘再开发。这个特点与美国房地产业发展历史有关。在美国，房地产业已经相当成熟，不存在到处都要搞大规模开发的可能，而老旧房改造却势在必行。三是地域性强。这两家公司的业务主要在纽约、华盛顿和芝加哥，其中又以曼哈顿为核心，其他州市没有什么项目。他们说，在美国几乎没有全国性的房地产公司。这可能与前面两个特点有关。美国各州的法律制度有差异，房地产涉及的法律又非常繁杂，房地产商既要熟悉法律，又要熟悉当地法律机构，甚至要在当地人组成的陪审团里有较好的声望和知名度。本地房地产商有利于与本地社区打交道。老旧房改造项目零星分散，比新建项目涉及的关系要复杂，跨区域经营成本高风险大，本地化经营才有优势。当然也可能与反垄断有关。

2018 年 6 月 12 日

听地产中介介绍曼哈顿房地产情况。实地察看中国银行准备出售的原办公楼。晚饭后，去中央公园散步。以前到过中央公园两次，但都是一带而过没太多印象。这次走下来发现它是那么大，那么漂亮。我们由南往北，直到哥大校园，上坡下坡弯弯曲曲，走了两个小时十来公里，估计直线距离也有四五公里。园中遮阳闭日的林荫道、湛蓝的湖水、宽阔的草坪让人感觉极为放松和闲适，不少人在跑步、遛狗、骑车。进门不远处有个露天舞台，正在举办传统音乐会。穿红色长裙的女士在演奏小提琴。台下有两百来位听众，以头发花白的老年人居多。我没听懂在演奏什么。我在想公园不要门票，音乐会随便听，这几百把折叠椅搬来都要花不少工夫，是谁在出这个力呢？公园北面有个圆形大湖。从湖的西岸往东看，一大片高楼鳞次栉比，璀璨的灯火倒映湖中，分外漂亮。其实那些楼并不在湖边，可能隔了几条街呢。因为湖大楼高，所以才相互辉映。我们身后几条街外也是高层住宅，如果站到湖的东岸往西看，也应该是这样的效果。中央公园将曼哈顿岛上端分成东西两部分，东区往东是东河，西区往西是哈德逊河。所以这里的高层建筑景观漂亮，加上教育资源丰富，便成了富人聚集的地方。

2018 年 6 月 13 日

准备回国。去机场前到华尔街附近转了一下。在百老汇街头，很多人在围观一头铜牛。这牛浑身充满力量但面容却不失温和。从外围看人群挤得水泄不通，里面还有不少人在亲近铜牛，有的在前面摸牛头牛角，有的蹲到牛屁股底下拍照。这就是那头著名的华尔街牛，就是那位为了出人头地一鸣惊人的意大利艺术家，1989 年圣诞节前夕偷偷地运放到华尔街的那件铜牛作品。我奇怪的是，这么著名的牛为什么不用花岗岩把它抬起来？或者用不锈钢栅栏围起来？而是近乎弃之敝履一样，放在一块狭窄而又倾斜不平的街心三角地上。周围用来防护的水泥墩还残缺不全。也许是没有地方，也许是类似的景物太多，也许是无须崇拜英雄，也许是没有钱，也许是这头牛出身本就不高贵。不管什么原因，可以肯定的是，这头牛如果在中国的话，一定会有好得多的境遇。

2018 年 6 月 14 日

乘国航回国。几次去美国几乎都要去曼哈顿。这几天的活动更是基本就在这个面积不到六十平方公里的岛上，让我对它更加熟悉起来。一路上我就在想，曼哈顿代表了什么？或许它代表纽约，代表美国，代表全世界。这里的人来自五湖四海，各色人等怀揣各种梦想与希望来这里经商、交流、学习、观光。这里的财富为世界各国居民所有。我问房地产中介，帝国大厦是谁的？他们说原来是以洛克菲勒基金为主，现在说不太清楚。这里的智慧、能量来自全世界。这里交易的是全世界的商品。和二十年前比，曼哈顿没什么变化，依然是乱糟糟闹哄哄的。也许这里的脏乱差就表示世界还有活力。如果某一天，它安静下来，人车稀少，没有人随地扔烟头纸杯，没有轰鸣的卡车从身旁驶过，没有叮当作响的建筑工地，没有永远也拆不了的脚手架，没有施工机械在路边切割金属发出的刺耳声音，这个世界恐怕也是另一番景象了。

哈萨克斯坦日记

2018 年 7 月 3 日

阿斯塔纳是一个建在草原上的年轻城市。城区不大，随便往哪个方向开车半小时，准可以看到广阔的草原或者湖泊。老城区也不怎么老，所以整个城市看上去几乎都是新的，就像中国的某一个新城区，道路、桥梁、树木与楼房都透出一股新气。有的餐馆灯光暗淡，天花板很低，餐桌餐椅老式，色调陈旧，我以为到了一家老字号餐馆，事实上它不过是仿旧装修。

也难怪，这个位于哈萨克斯坦中北部平原的地方，直到 20 世纪三四十年代，才出现一个有点规模的乡镇。由于拥有广袤而肥沃的土地，五六十年代，它成为苏联垦荒中心，大量俄罗斯人被移民到此。苏联解体，哈萨克斯坦独立后，政府为了让这个以俄罗斯族人占多数的地区哈萨克化，开始琢磨将位于阿拉木图的首都搬迁至此。1998 年 5 月 6 日，总统纳扎尔巴耶夫下令，将原名“阿克莫拉”改为“阿斯塔纳”，即首都的意思，标志着这个小城正式成为哈萨克斯坦的都城。我们到达时正值阿斯塔纳建都二十周年，一系列庆祝活动正在筹备，到处都可以看到装饰性的“20”字样。我们要参加的阿斯塔纳国际金融中心开业式，也是庆祝活动的一部分。

2018 年 7 月 4 日

据说，阿斯塔纳的冬季漫长而寒冷，最低气温可到零下五十度。但也有好的季节，这就是六七月份。这段时间是阿斯塔纳最舒服的日子，气温不高不低，空气不干不湿，清风不冷不热，白天好散步，夜晚好睡觉。太阳西斜的时候，坐在伊希姆河边的杨树下，抽一根烟，喝一杯咖啡，吃一支冰激凌，是再惬意不过的事。这里没有燥热，也无凉意。你可以坐在树荫下的条椅上久久发呆；可以漫不经心地看着从你前面缓慢走过的行人；可以欣赏偶尔划过的船只在静静的河面留下的长长涟漪；可以仰望高远的天空，看远道而来的飞鸟落入河对面的树林。不管干什么，只要有时间来到这里，你一定会有神清气爽、心旷神怡的感觉。这就是我今天在伊希姆河边散步的感觉。

2018 年 7 月 5 日

哈萨克斯坦是一个多语言国家。主要语种有哈萨克语、俄语和英语。几乎所有公共场所的标识都采用三种文字。由于哈萨克语和俄语大多数字母相同，不少单词发音相同，加之这里的人大多会说俄语，有时哈萨克语里夹杂着俄语，司机、服务员、门卫、幼儿园的小朋友都用俄语打招呼，让人感觉来到了俄语国家。我在大学、研究生和读博士期间所学的外语全是俄语，花了很多时间，却一事无成。在这样的语言环境里，偶尔能听懂几个单词，但又听不明白。这让我再一次体会到：背单词、根据语法来学语言是不可行的。语言是人际交往的一种工具，是在一定语境里产生的，是约定俗成的。语言交流的信息是结合环境、表情、语调和肢体来表达传递的。所以，学习语言根本条件是语言环境。只要有语言环境，不背单词，不学语法，完全可以掌握一门语言的听说，但没有语言环境，光凭词汇量和语法是一定学不好外语的。语言本身并没有什么语法不语法的，在一定环境下，双方能说明白、听清楚就行了。语法是人们从语言文字中抽象出来的一定规则、一套逻辑，它可以用来研究修辞，帮助理解，规范语言，但它不是学习语言的必要工具，甚至会影响语言思维。看看我们是怎么学习母语的吧。世界上没有哪个小孩是依靠语法来学习语言的，但一定是在相应的语言环境实践中学会的。这与小孩学习走路一样，无非是模仿别人，通过摸爬滚打学会的；而不可能依靠一套力学、运动学理论来学习。如放低重心，扩大接触面会走得更稳。这个理论是正确的，也是可以实践的，但我们不可能用这个来教小孩走路。从学习原理上看，人类经过数百万年的进化，基因里可能已经有语言种子，外在环境不过是促使种子发芽生长的水和阳光。而语法这套规则，人的基因库里是不可能有的。同行的同事兼翻译是莫斯科大学毕业的研究生，学了六七年俄语。我问她是怎么学会的。她说，应该是因为在俄语环境里待的时间较长。同时她补充说，对成年人来说，因为有一定理解能力，通过语法来学习外语，应该是有利于提高效率的。我赞同她的看法，但坚信成年人学习语言，语言环境同样不可或缺。单靠背单词记语法来学外语，一定是事倍功半不得要领。

2018 年 7 月 6 日

由于城市不大，两三天的活动几乎都在酒店附近。阿斯塔纳的标志性建筑——生命之树，就在酒店后面，转来转去不知道见了它多少次。第一次听到这个名字的时候，我为之一振，巴不得赶快看到它。生命神秘而又神圣，树又是我的最爱，这两个词组合到一起，便让我对它有了一种莫名的向往。可待我见到之后却大失所望。我说不出具体原因，可就是没有感觉到它有什么打动人的地方。说它是树，实际就是以钢材为主搭建的一个网状结构的塔，塔上顶着一个巨大的球。塔身为白色，球为金黄色。站在地面往上看，球周围象征树枝和鸟巢的金属件的高度超过了球。白色与金色混搭，直线与弧线交织，看上去就是乱糟糟一团。以致每次看到都想说它几句。后来在参观旧总统府时，讲解者又对着橱窗里的模型，专门介绍了生命之树的设计过程。原来它是纳扎尔巴耶夫总统亲手设计的。设计草稿上有他的签名，显示屏在播放他绘制图样的录像。纳扎尔巴耶夫总统是工人出身，大概没学过建筑设计。他可能主要对这个标志性建筑要表达的寓意（凤凰在大树上筑巢，产了一枚巨大的金蛋，给哈萨克族人带来了生命与吉祥）感兴趣。问题是专业设计者和建筑师们应该把关，应该在表达寓意的同时，赋予建筑物以美感。这其实是可以做到的。无独有偶，就在这个橱窗边不远处，有一个类似造型的奖杯。这个物件一下吸引了我。我过去端详了半天，还拍下了一张照片。人家那恢宏的气势、庄重的造型、美丽的线条、和谐的色调、端庄的基座，都给人以美感。甚至上端的线条把树叶的轮廓都勾勒出来了，简直就是生命之树的改进版。我想，建造生命之树当初要是能按这个形状来设计该有多好。

2018 年 7 月 7 日

这次去哈萨克斯坦的主要任务是，应邀参加阿斯塔纳国际金融中心开业仪式；与哈萨克斯坦国家银行沟通，争取豁免我们行在哈萨克斯坦申设子行所需的一些难以提供的材料；了解能否在国际金融中心开设分行。两天时间，三件事应该说都圆满完成。其中最值得一提甚至出人意料的，是与国际金融中心的会谈及其政策。昨天上午由于总统晚到，活动推迟了两小时，直到十二点多才结束。怕耽误下午的会谈，总统的午宴也只好放弃。匆匆吃了午饭休息了十来分钟，一行便赶去与中心专门负责法律政策事务和牌照发放的官员见面。近两小时会谈，我们提出了一系列关心的问题，对方都一一做了回答，给出了明确的结论。由此看出中心建设目标之远大，开放程度之高，动作之大，简直让人感慨。2015 年，纳扎尔巴耶夫总统签署了《阿斯塔纳国际金融中心》法案，旨在建立一个能与国际领先机构比肩的大型综合性金融平台。业务主要涉及资本市场、资产管理、伊斯兰金融、私人银行、绿色金融等；辐射范围包括中亚、高加索、中东、中国中西部、蒙古和欧洲。阿斯塔纳国际交易所已经与上海证券交易所开展合作。去年修改了宪法，赋予中心独立的法律权利；中心采用英国法律，设立自己的法庭、国际仲裁中心、监管机构。工作语言用英语。专业管理岗位，聘请欧美有经验的专家担任。接待我们的首席策略官芭芭拉女士就是美国人，长期在英国工作，具有爵士头衔。外资机构可以在中心设立分行，业务范围除零售外都可以经营。分行享受税收减免优惠，可以办理长期多次往返工作签证。劳务输出不受一个外国人必须安排九个哈萨克斯坦人的配额限制。他们说，他们的理念不是监管，而是帮助企业经营。在他们看来，很多传统的监管要求是多余的。如国外机构来这里开设分行，其资质条件，所在国的监管部门已经把关，没有必要搞得那么复杂；其资本约束、风险管理都会受到母公司的管理，没有必要再加一道锁。看来我们改申设子行为分行有戏了。

欧洲三国日记

2018 年 9 月 12 日至 20 日，因公去了卢森堡、波兰和俄罗斯。一路下来，有见闻有体会。

2018 年 9 月 12 日　星期三　晴

上飞机前，看到微信里一道计算桌子高度的奥数题：两只小狗，一只蹲在地上，一只趴在桌上。由地上狗的头上量到桌上狗的身上得到一个数据；第二次丈量时，地上的狗趴着，桌上的狗蹲着，由趴在地上狗的身上，量到蹲在桌上狗的头上，得到另一个数据。根据两个数据计算桌子的高度。为打发时间，飞机上琢磨出几种算法，基本道理就是利用数据间的逻辑关系。由此觉得在没法实证的情况下，利用逻辑推理寻找问题答案也是个办法。比如之前想过的几个问题，可以这样解释。

一是怎么理解宇宙无始无终、无边无际？时间的实质是变化，没有变化就没有时间。变化是因为有参照物。如果所有的东西都是一模一样的，一样的形态一样的运动，就没有了参照物，也就看不到变化，觉察不到时间了。宇宙是由一种基本粒子构成的。也就是说从最基本物质看，宇宙就是弥漫着一种相同基本粒子的世界。粒子是构成万物的最基本单元，其本身不可再分，形态也不会有变化。从这个角度看就不存在时间了，即无始亦无终。粒子的形态是球状的。由粒子构成的其他天体也是球状的。这些球体又构成更大的球体群。无数球体群环环相扣，形成宇宙。球体表面是没有起始边界的。由它组成的环也没有始终。依次类推，宇宙就是无边无际的了。《易经》讲，一生二，二生三，三生万物；佛教讲，色空一体，不生不灭，本性一成不变的，一切平等，一片光明。说的应该都是这个道理。我们通常的时空观，是以自己所处的位置为中心来观察思考宇宙的结果，是基于既有知识创设的一套概念与框架。事实上宇宙不存在任何中心，也不可能仅限于人们已经认知范围。

二是怎么理解波粒二性、质能共存的关系？粒子存在的基本形式是震荡。从本体看，粒子就是粒子；从存在形式看，粒子就是波。这是波粒二象性的原因。粒子可以是质量也可以是能量。其本体具有质量，其运动表现为能量。粒子波是能量，也是传递一切能量的介质，犹如水波传递能量。2015 年，美国激光干涉引力波天文台，捕捉到了十三亿光年外的两个黑洞撞击释放出的引力波。后又发现了四对黑洞围绕彼此旋转靠近和碰撞产生的引力波，其中最大的一对距地球九十亿光年。试想一下，如此遥远的距离，如此漫长的时间，如果没有一种完全一致、稳定不变的物质，这个引力波是通过什么介质传递的。粒子震荡频率不同，传递的能量也不同。光、电、磁，都是不同频率的粒子震荡的结果。

三是怎么理解电与磁的关系？电与磁是一个硬币的两个面。有电必有磁，有磁必有电。电的实质是一种粒子震荡，是一种能量传递方式。磁是该种震荡向周围释放出的一种波，也即能量。就如同导体传导热量的同时，还会向导体周围辐射热量一样。这种能量传递的基本介质也是粒子。那么地球为什么有磁场？地球的磁场来自地球自转产生的电流。那磁铁为什么具有磁力？这与磁铁的材料有关系。即这种材料的结构本身具有吸收地球磁场能量的特性，如同水可以吸收热量，手机可以接收无线电波一样。

2018 年 9 月 13 日　星期四　雨

前不久，建行欧洲（建欧）在董事会做出决议前辞退了在当地聘用的内部审计官。该审计官跑到监管机构状告建欧，并拉拢他的朋友——建欧的一位独立董事，也辞了职。这下引起了监管的注意，要求建欧就此做出详细说明。为了打消监管的疑虑，建欧做了不少工作，让外聘律师做了较细致的研究，给监管部门提供了详细回函。我们到卢森堡的任务之一也是沟通此事。昨天晚上一到达，便安排我与辞职独立董事一起吃了个饭，以期利用他在当地的影响来维护建欧的形象。今天的主要工作则是去卢森堡金融监管委员会汇报讨论。我在飞机上做了些功课，仔细阅读了建欧提供的材料，心里有点数。

会谈安排在监管大楼二楼会议室。原来说他们分管副主席带队参加，没想到一把手亲自来了。会谈进行了一个多小时，超过了预定的时间，效果不错。对方认为，事情在朝着好的方向迈进。从讨论中发现，对方主要关注合规管理、审计独立和流程合理。我就此做了针对性陈述，内容被记录如下：

感谢CSSF安排时间来接待我们。CSSF一直以来以专业、审慎、友好和宽容著称。在我们机构设置过程中得到了你们全力支持和帮助，在业务发展方面上得到了你们的指导，非常感谢！建设银行非常重视和贵国监管机构的沟通和交流。前不久，贵国财长Gramegne先生和CSSF董事会主席Goubin女士和我行王祖继行长、张立林副行长，还在北京进行了会晤，就欧洲的经济形势、建行卢森堡机构的发展，以及双方在金融科技、绿色金融领域的合作进行了很好的交流。建行在国内一直坚持“合规管理、依法经营”。中国银行保险监督管理委员会、财政部、人民银行等机构都给予建设银行高度评价。我们国际化发展时间不长，经验还不足，卢森堡是世界金融中心之一，有很多经验。我们来到这里设立分支机构，目的之一就是向国际银行家们学习。下面我想就前内审官辞退事宜做个汇报说明。

关于内审独立性问题。第一，总行充分重视内审及其独立性。我们在国内的内部审计机构都是由总行统一管理的。我们建欧辞退前内审官正是为了更好地夯实内审，为了聘请到更有能力、更公正、更能够保持内审独立性的专业人才。有关前内审官对建欧的控诉，我们认为很多情况都与事实不符。具体情况我们在回函里做了详细说明。第二，关于内审官辞退程序。建欧十分清楚内审官的辞退是需要经过董事会批准的。辞退内审官一事，建欧董事会是知悉的，也是支持的。事后董事会又马上补齐了相关手续。我们也完全理解CSSF的要求。辞退的时候，建欧和CSSF有过非正式口头沟通。之所以在董事会做出正式决议前进行辞退，主要是根据贵国的法律要求，想做一些策略上的安排，以免时间拖得太长。这个流程上的瑕疵，希望得到CSSF的宽容和谅解。第三，关于合规管理。建设银行总行对于合规管理是非常重视的，从系统建设、资源配置，到人员聘用都有安排。我们所有海外机构都聘请了当地专业的合规官。总行今年还降低了对海外分行业务和利润增速的要求，加大了对风险合规的考核权重，要求海外分行把更多的精力放在合规管理上。具体要做好这么几件事：一是所有合规人员必须到位，二是反洗钱系统必须建立，三是相关人员培训必须做好。第四，我相信建欧新的内审官和合规人员聘请等工作会越做越好。刚才你们提到了会对回函相关内容进行分析，这期间有任何问题都可以联系我们。我会责成建欧管理层坦诚认真地和CSSF官员进行沟通。非常感谢Claude Marx先生和Claude Simon先生，欢迎有机会到建行总行做客。

2018年9月14日　星期五　晴

大峡谷是卢森堡的显著地理特征，也是有名的旅游之地。由于国土面积小，人口分布又集中在峡谷地带，所以有人开玩笑说，卢森堡就是一条沟。

峡谷将卢森堡市分成南北两部分。我们分行在峡谷北岸，入住的玛利亚酒店恰好在峡谷南岸。从桥上往来两地，俯瞰峡谷里的景色，我总想到峡谷里去走走。昨天晚饭前有个把小时的空闲，便去峡谷里转了一圈。

峡谷里最多的是树木，谷底及两侧的坡上，到处都是粗大高耸的老树，遮天蔽日郁郁葱葱。谷中有小河、水系和道路，还有不少建筑。微软欧洲总部就建在峡谷里。红色的外墙掩映在树林里。它的附近还形成了啤酒一条街。不少年轻人在这里或坐或站，屋里屋外三五成群，借酒休息聊天。连接峡谷两边有不少拱桥，桥墩大多用石头砌成。站在谷底仰望，桥墩自下而上，由粗变细，线条流畅，造型挺拔，颜色古朴，很有美感。

峡谷在古代还是天然的安全屏障。人们利用峡谷陡峭的岩壁建有防御性城堡。我们返回准备去吃饭时，正好碰上首相、副首相等一拨人在一古堡处搞活动。首相正站在离我们走过的桥几米外的平地上发表讲话。

据说峡谷最宽处有上百米，最深处有六十米，全程弯弯曲曲有四十公里。我们所走的不过一公里左右。假如有时间，我真想从头到尾沿着谷底走一次。

2018 年 9 月 15 日　星期六　阴

早就想去参观奥斯维辛集中营。今天有幸实现了这一夙愿。身临其境让我明白，以前了解到的，大多不过是一些远离自己的概念，如党卫军、毒气室、一百一十万人被屠杀等。阴森恐怖的铁丝网，大片的营房，完整详细的被害人档案，当时的战地记者拍下的照片，堆积如山的被害人头发、行李箱、眼镜、鞋子等，让人触目惊心，压抑难耐。来这里之前，我总在想，集中营的规模到底有多大，这里究竟发生了什么？现在我觉得这些问题完全是多余的。真正应该拷问的是，人性究竟是怎么回事。事实上人类除了战争，其他社会活动中，都可能出现极端暴行。施暴者还会以正义化身和胜利者姿态自居。奥斯维辛集中营不过是人类自相残杀的一个缩影。保存它的意义应该是用来进行人性教育，启迪后人向善弃恶，避免仇恨。如何更好地利用这份绝无仅有的历史遗产，发挥它“教育全人类光荣波兰人”的作用呢？在离开集中营的路上，我想，应该向波兰政府提出以下建议。

一、取消收费，面向全球募集建立专门基金，用于维护遗产，改善参观条件。

二、改造外部环境，包括周围的道路、停车场、商场、厕所、休息室等场所。使环境与遗迹形成鲜明对比，让游客更好地体验和平自由的珍贵。

三、改进参观线路，避免进出人流相向流动产生拥堵。

四、利用历史资料制作一部背景短片，在参观遗产前播放，以帮助参观者更好地理解当时的情况。

五、统一规范解说词，尽可能准确、客观、公正地描述当时的情况。如指称施暴者时，用“纳粹”或“纳粹德国”，而不用“德国”。同时开发一套多语种自动讲解系统，供参观者自用。

六、在一号与二号集中营之间开行摆渡车，免费运送游客。二号集中营虽然没有多少遗迹，但残存的铁丝网体现了当时集中营的规模。

七、工作人员统一着装，统一培训，规范言行，增强严肃庄重的氛围和仪式感。

八、明确主题。即体现人性特点，避免人性之恶，颂扬人性之善；反对仇恨和民粹主义，追求人类永远和平。

2018 年 9 月 16 日　星期日　晴

我有一个经验，无论国内还是国外，无论都市还是县城，只要是未曾去过的地方，你去走走，总能发现一些意想不到的东西。今天是周末，在华沙市内看了看，再次验证了这一点。波兰国家科学院前面的小广场上有一尊哥白尼的雕像。看到雕像，自然会想到日心说，想到哥白尼的死。有一种说法，哥白尼是被教会用火刑烧死的，其实不是。熟悉波兰历史的同行说，他是自然病故的。他四十岁时便提出了日心说，但《天体运行论》直到三十年后的1543年才正式出版。因此免遭宗教迫害。

肖邦是在法国去世的。人们为了纪念他，按照其遗愿，将他的心脏运回，葬在一座教堂的尖柱子上。还在著名的瓦津基公园立了一尊大雕像。波兰人热爱肖邦，并非纯粹因为他是负有盛名的钢琴家，更是基于他的爱国精神。据说肖邦的钢琴曲中，很多带有强烈的家国情怀。这是为什么？波兰历史上曾多次被周围的列强瓜分，甚至有一百二十三年从欧洲版图上消失。肖邦就生活在这个没有十九世纪的时代。没有归属感的痛苦让他更为强烈地意识到了祖国的意义。

路过居里夫人故居前，我提议进去看一看。里面的存列，除了实验装置、工具、书籍、照片及生活用品外，还有一些图表、年谱。即将离开时，我们在门厅里的一张族谱图中发现，原来他们一家获得过四次诺贝尔奖。居里夫人自己得过诺贝尔化学奖、物理奖，她的大女婿获诺贝尔和平奖，小女儿获诺贝尔物理奖。真是好花开在一树上。

有人说，中美建交波兰发挥了不可或缺的作用。这又是为什么？原来，为中美恢复外交关系，波兰为中美两国官员提供了秘密会晤场所。在瓦津基公园一角，有个不太起眼的建筑，叫梅希莱维茨基宫，门口有一块标牌，上面写着：1958 年至 1970 年，中美两国政府的官员在这里举行了数十次会谈。这是当时中美两国沟通的主要渠道，为两国增进了解和互信，寻求和平发挥了重要作用。

2018 年 9 月 17 日　星期一　晴

莫斯科人的精神追求似乎别具一格，稍加留意便会发现许多有趣的东西。俄罗斯没有什么像样的花卉种植，但莫斯科人特别喜欢花。街上经常能看到鲜花店。商店、餐馆都喜欢用花卉装饰，而且一般都不会用塑料敷衍。我们逛街的时间不多，但碰到好几位捧着鲜花的行人。据说这些鲜花多来自阿塞拜疆、中东。近年来我国昆明的鲜花在这里也有了一席之地。街道两旁经常能看到各种表演，唱歌、乐器演奏尤其多。表演者有年轻人，也有年长者，他们很认真，围观者也是一副欣赏的样子。街道宽阔整洁干净。它不像北京街头那样，有那么多栅栏和隔离装置。地上画上线条就管用，行人车辆各行其道。各种建筑或雄伟壮观，或精雕细刻。行走在街头似乎到处都是景观。连我这个不喜欢拍照的人，也经常忍不住掏出手机来拍照。地铁站里能看到很多精美的壁画、马赛克拼图、黄铜铸像，走进地铁站就像进了博物馆，让人流连忘返。我们去看过一场芭蕾舞《天鹅湖》，能容纳下几百人的剧院座无虚席，秩序井然。没有人吃东西，没有人看手机，也没有喧闹，甚至穿着也都很讲究。

2018 年 9 月 18 日　星期二　晴

偶尔想到一个大而无当，也可能没有答案的问题：人类将来靠什么取胜？人类历史就是一部争斗竞争史。历史上由人力的强弱决定胜负。后来技术的力量大大超过人力，便靠技术决定胜负。未来呢？如果技术发明可以很快模仿应用，力量便会趋于平衡。光靠技术将会出现一损俱损的局面，如核武器的使用。那么团体、族群、组织、国家之间是不是靠精神生活的广度和深度拉开差距？也许是，也许不是。

2018 年 9 月 19 日　星期三　晴

特列季亚科夫画廊从外面看真是其貌不扬。小小门面位于一条行人稀少的胡同内。一个两层楼的建筑，与莫斯科大街上随便可以拍照的宏大建筑相比，简直不值得一提。楼前面有个小院，院子中央立着一尊雕像。右侧施工挡板伸到了院子中间，使院落更显得逼仄。我想拍一张照，怎么也找不到合适的角度。但进到楼里却是另一番景象。展览厅一个接一个，左右上下四通八达，似乎走不到头。其中藏画数量之多，历史跨度之大，更可谓叹为观止。以前在挂历上常见的《无名女郎》，普希金本人最钟爱的肖像，能闻到泥土味道和雾气的《松树林之晨》等原作都藏在这里。画家或绘画艺术爱好者在里面看上几天应该不觉得浪费时间。我这样的门外汉，加之时间匆匆，就只能走马观花了。即便如此，借助耳机语音导游也了解到不少知识。比如俄罗斯绘画艺术的变迁，就看到了三点线索。一是绘画题材由以宫廷人物、生活场景为主，到关注普通平民的生活。特罗皮宁的《花边女工》、普基列夫的《不平等的婚姻》，都体现了画家对平民的关注。二是由以人物为主，到深入了解自然。维聂茨昂诺夫的《春天》、萨夫拉索夫的《白嘴鸭回巢》、列维坦的《金秋》都是对自然的细致观察体会的结果。三是由渲染战争的宏大场面，歌颂英雄，欢呼胜利，到警示战争的血腥残暴，主张和平。韦列夏金的《战争祭礼》，用人头骷髅堆成的金字塔来表现战争的残酷。

2018 年 9 月 20 日　星期四　晴

到了莫斯科就想去看看芭蕾舞。俄语教科书曾经介绍过，芭蕾舞是高雅艺术，但学习芭蕾舞是一件很苦的差事。后来又看过几个片段，感觉画面简洁漂亮。碰巧昨天晚上，一个近似于俄罗斯国家大剧院的百年老剧院有《天鹅湖》。一个外行看高水平的芭蕾舞能看到什么呢？就一个字：“美。”全场演出分三节，差不多三个小时，感觉贯穿全剧的不是爱情、正义这些主题，而是美感。一是演员形体美。几乎所有上台的演员都是腿长手长个子高，身材修长，线条流畅，胖瘦恰当。二是舞蹈动作美。动作的速度、幅度、力度、造型恰到好处，轻盈曼妙，一气呵成。特别是穿插其间的小丑表演，动作连贯灵巧敏捷。从地上跳起来，在空中做完动作造型，落到地上，如行云流水，看不出一点迟疑、犹豫、慌乱、夸张。三是音乐美。刚柔并济，张弛有度。还有舞台布景也很美。从湖水荡漾古木参天的公园到高大庄重富丽堂皇的宫廷，巧夺天工栩栩如生，让人仿佛身临其境。这对欣赏理解剧情无疑提供了不少帮助。

高级研修点滴体会

2018 年 11 月上中旬，中国银行业协会与哈佛大学肯尼迪政府学院合作，举办“中国银行家高级研修班”。为期十天的研修，课程设置合理，内容针对性强，师资专业水平高，给人启发引人思考。上课时我把一些案例、数据、观点与经验引起的共鸣记录下来，整理如下。

一、 不期而至的风险

银行经营存在许多非常规风险。监管风险难以预测。在监管机构重叠的国家，某一个监管部门说你好不一定是好；而只要有一家机构不认同你就一定是风险。法律风险防不胜防。如在美国，公民可能因为与银行打交道出现亏损而起诉银行，也可能因为在银行的大堂里摔倒而状告银行。美国又是一个特别重视公民意愿的国家。陪审团、媒体、政府往往会倾向于公民个人。这也是许多金融机构遇到官司就选择和解的原因。政治风险屡见不鲜。为保护自己的选民，政客可能经常拿银行说事。在很多发展中国家，小微企业都面临着融资贵融资难的问题。主要原因是信用体系不健全，法律规定不明确，造成信息不对称。但政客们总会认为是银行不作为。

二、法外有责

托管业务不仅要负责合约上规定的托管责任，还有义务把握受托业务的合法性。美国银行下属的信托公司托管了一家金融机构二十九亿美元的票据证券支持业务。不料该业务系一起欺诈案件。虽然美国银行没有任何人参与欺诈，所有托管业务流程和手续也都合规，但参与融资的德意志银行和巴黎银行还是对美国银行提起了诉讼，理由是美国银行没有尽到防止欺诈的责任。美国银行因此付出了十多亿美元的和解费用，还被迫把信托公司给卖了。我国托管业务发展迅速，但有关法律规章还不够细致，人们对托管人的权利责任的理解存在分歧，投资者风险认知和承担能力有限，托管机构的组织体系、业务流程、技术系统和专业人才都还在建设培养中，还存在许多不可预期的风险。最近P2P业务风险暴露，一些银行因参与托管而被投资者和资产管理人拿来说事就很值得注意。

三、共同课题

渣打银行反洗钱不合规案例说明建行高度重视合规运营是正确的选择。2012年纽约金融服务局对渣打银行宣布罚款，理由是该行违反美国对伊朗的制裁规定。后又发现该行在美国之外的分支机构也进行了可疑的洗钱交易。渣打银行为了避免负面报道和股价下跌，两度同意和解，共支付费用9.97亿美元，同时接受长达四年的监管期（预计监管费用3.5亿美元。除此之外还要支付来自英国监管者的罚款）。美国监管当局之所以能这样做，除了美元作为世界货币，具有一定控制力、影响力外，反洗钱也是世界必须面对的共同课题，如同反恐、打击贩毒、防止核武器扩散。银行的社会责任决定了它必须配合参与反洗钱活动。

四、 利益相关者

利益相关者分析方法很有借鉴意义。大凡一个项目或计划的实施，都会牵涉到不同的利益主体。人们在做可行性分析时一般也会分析各种利弊，但往往会忽视专门方法和分析框架的采用。壳牌石油公司为了处理已经废弃的北海老旧钻油平台，请专家进行科学论证。专业意见认为将钻油平台沉入海底是污染最小、成本最低的选择。这一意见也得到了政府的支持。但绿色和平组织不这么认为。他们爬上平台，利用媒体向世界控诉石油公司污染海洋，要求必须将平台拖上陆地处理。虽然事后和平组织与媒体也承认，其做法不尽合理。但就这样，一个预算和规模都相对很小的组织改变了壳牌公司和英国政府的重要政策，合理的老旧石油钻井平台处理方案受阻。类似案例不在少数。建行印尼子行曾打算更换已被收购银行的老旧计算机系统。但当地政府以安全为由不允许自主更新，如需更新则必须使用他们指定的品牌。由此导致计划无法实施。假如事先有相关分析准备，或许能找到解决的办法。由此可见一个项目实施之前，一定要对相关利益者实行认真分析。这个分析包括利益相关方都有谁，他们的目标是什么，他们的组织形式、行为模式怎样，可用资源、行为渠道有哪些，形象怎样，对谁负责等。

五、 义务与商机

为什么要发展普惠金融？全球六十四亿人口中，除了大众富裕以上人群和仅能维持生计（不需要金融服务）人群外，有三十二亿人位于这两者之间。其年购买力在十二万亿美元左右。他们及他们赖以生存的小型企业和微型企业，是经济的基础，也是市场主体，是改善社会收入和财富分配的关键。他们对金融服务，如储蓄、汇款、支付、信贷、保险有内在需求。随着信用体系的建设、商业模式的发展和网络信息技术的进步，为这些金字塔底部人群提供金融服务的成本和风险在大幅下降。美国有六千家地方银行为小微企业提供服务。印尼的BRI银行长期从事小微企业服务。至2016年，BRI银行已经成为印尼网点第一、资产规模第二的银行。微型企业信贷占其全部贷款的1/3；个人小额信贷一百五十七亿美元，惠及八百九十万借款人，不良率不到1%；小额储蓄账户四千万个，存款一百六十亿美元；3/4的利润来自普惠金融服务。

普惠金融就是包容性金融，就是为所有人提供平等机会。

但不能单纯看成是一种义务、责任，而是要商业上可推广，财务上可持续。否则提供服务的机构会破产，市场规则会被破坏。建设银行正在利用自己的网点优势和数据技术，降低普惠金融服务成本，开发新业务机会。这无疑将是惠及社会、实现自身转型发展的有益探索。

六、 主力清洁能源

太阳能利用，可能成为未来清洁能源的主攻方向。美国政府在清洁能源开发方面，已经采取了许多实质性措施。如规定电网公司必须接受一定比例的清洁能源上网，政府补贴家庭安装太阳能板，为创新企业提供技术孵化、允许税收抵免、提供贷款担保。这些做法或许值得借鉴。太阳能是自然界中最丰富、最好利用的清洁能源。目前的技术已经实现了环保、效率、经济、就业的可持续性。银行在绿色金融活动中应该注意这一领域的发展。

七、 难免政府干预

大银行始终是政治家和监管机构的目标。2008 年金融危机，美国财政部和监管部门要求美国银行收购美林，摩根大通收购贝尔斯登，富国银行并购美联银行。在国有大银行当道的地方就更是如此了，只要经济金融出现状况，一定会让银行当头。

八、 趋势无法改变

全球化是规律，是不可阻挡的。全球化的实质是优胜劣汰，动力是优胜劣汰，形式也是优胜劣汰。现在没有哪一家公司、哪一个国家可以独立生产一架飞机、一辆汽车。宝马在世界各国本土化生产，但用的是全球品牌、网络、技术和市场。即形式上本土化、国产化，实际上是国际化。全球三大飞机发动机生产厂家卖出发动机都是亏损的，主要靠零部件和维修服务赚钱。服务被全球化，但统计上根本分不出来。

九、 M 型人才

社会所需要的人才在变化。传统的人才成长是 I 型或 T 型，即从最基础的工作开始，逐步积累经验，然后一步步上升，成为某一领域具有专门技能的业务专家或管理者。而现在需要的是 M 型，即在至少两个以上领域有专长。经过跨领域的实践成为通才，然后或进入管理岗位。

十、 社会契约被破坏

新经济带来了社会效益，也产生了很多问题。其中最大的问题是造成了原有社会契约的破坏。学费上涨而工资水平没有上升。GDP 增加而工作岗位没有增加。通货膨胀而最低工资没有上涨。个人收入由钟形分布变成两头高中间低。

十一、 利弊共存

货币不一定要国际化。美元在国内外的分布大致是1:5，即国内一美元，国外五美元。这导致没法统计货币流量，给货币管理造成了巨大困难。欧元就不喜欢国际化，如不赞同用欧元购买空客。

十二、 宏观指标微观应用

宏观经济指标与现实生活关联密切。CPI 上涨加薪的压力就会增加，可能导致员工薪金和外包成本上升。就业率居高可能意味着招聘新人困难。BDI、PMI 指数下行，客户信用风险暴露可能增加。

十三、 降不下来的成本

为什么我们增加了高科技投入但人员没有减少？国有企业难以自主裁员。岗位划分不细减少了工作量却难以减工资。新产品、新渠道、新模式在创造新就业岗位。

图书在版编目(CIP)数据

雨声 / 许一鸣著. — 北京 : 中国文史出版社,
2021.1

ISBN 978-7-5205-2021-8

Ⅰ. ①雨… Ⅱ. ①许… Ⅲ. ①散文集-中国-当代
Ⅳ. ①I267

中国版本图书馆 CIP 数据核字(2020)第 077130 号

责任编辑：薛未未

出版发行：中国文史出版社
社　　址：北京市海淀区西八里庄路 69 号院　邮编：100142
电　　话：010-81136606　81136602　81136603（发行部）
传　　真：010-81136655
印　　装：北京新华印刷有限公司
经　　销：全国新华书店
开　　本：720×1020　1/16
印　　张：15.5　　字数：161 千字
版　　次：2021 年 1 月第 1 版
印　　次：2021 年 1 月第 1 次印刷
定　　价：58.00 元